dear+ novel
dekiai moratorium ・・・・・・・・・・・・・・・・・・・

溺愛モラトリアム

間之あまの

新書館ディアプラス文庫

溺愛モラトリアム

contents

illustration：小椋ムク

溺愛【できあい】モラトリアム

【1】


「ルームシェアってどう？」

三月半《なか》ば、ソファに寝転がって住宅賃貸情報誌を眺めていた羽野満希《はのみつき》に思いがけない提案をしてきたのは母親だった。

この春から満希が通う大学は、電車とバスを乗り継いで片道一時間半かかる。

一人暮らしをするか、実家から通うか迷っていたのだけれど、大学周辺の単身者用賃貸物件の競争率を甘く見ていた。物件探しを先送りにしている間に条件のいい部屋は軒並《のきな》み埋まってしまい、消去法で実家通学が決まりかけていた矢先の提案だ。

まったく考えていなかった選択肢《し》に目を瞬《しばた》いたものの、たしかに単身者用よりはいい物件が残っているかもしれない。ただし。

「シェアする相手を探さないといけないよね」

「期間限定になってもいいなら、って人が名乗りをあげてくれたの。満希の大学までバス一本で十分のとこにいまは住んでるって」

「誰？」

「宮永《みやなが》さんちの啓吾《けいご》くん」

にっこりして告げられた名前に、一瞬心臓が止まった気がした。活動を再開した鼓動がやけに乱れているのを感じながら、満希は勢いよくソファの上で身を起こす。

「な、なんで啓吾さんが、僕とルームシェアしてくれる気になったの？　十年以上まともに会ってないのに」

「あら、もうそんなになる？　じゃあ啓吾くん、満希に会ったらきっとびっくりするわねえ。小学生が大学生になってるんだもの」

ころころ笑う母親は質問に答えてくれていない。むしろ勝手に話が進んでいる。このままだとスルーされそうで満希はもう一度聞いた。

「どうしてシェアしてくれるって？」

「仕事の関係ね」

「仕事？」

「満希も知ってるでしょう、宮永さんちが不動産会社やってるの。啓吾くん、いまは専務なんですって」

十歳上の兄と同じ年の彼はまだ二十八歳だ。その若さで専務だなんて驚くものの、宮永不動産の後継ぎという立場なら妥当《だとう》なのかもしれない。

とはいえ、不動産会社の専務の仕事がルームシェアに結びつく理由は謎《なぞ》だ。聞いてみたら、先の「期間限定になってもいいなら」に繋《つな》がる説明をもらった。

「家って人が住まないとすぐ駄目になっちゃうらしいのね。それで啓吾くんはメンテナンスも兼ねて家具付きの管理物件で暮らしてて、売買契約がまとまったら次に移ってるんだけど、短いときは一ヵ月、長くて半年くらいのサイクルで引っ越してるんだって」

「大変そう……」

「ね〜。本人は住所は事務所に固定してるし慣れてるから平気って言ってたけど、引っ越し自体が普通に面倒よね。まあそれはともかく、満希の一人暮らし用の部屋を探すのに出遅れちゃったから不動産のことは不動産屋さんに相談しましょ、と思って千佳子《ちかこ》さんに連絡したら、さすがにこの時期にいい物件は厳しいけど、しばらくなら啓吾くんのところでルームシェアさせてもらったらどうかしらってことになったの」

千佳子は母の友人であり、啓吾の母親でもある宮永不動産の敏腕社長だ。

賃貸物件は春先と秋口の契約が活発で、真夏と真冬は競争率が下がる。だから啓吾がいま住んでいる大学近くの一軒家をしばらくシェアさせてもらって——実質的にはルームシェアより下宿に近い——、のんびり物件探しをして、啓吾が次に移るまでに満希も一人暮らしを始めればいい、という提案をしてくれたのだ。

「一人暮らしの練習にちょうどいいし、どうかしら」

突然すぎて戸惑うものの、提案自体はものすごくありがたい。ゼロから一人暮らしを始めるより金銭的負担が少ないし、往復にかかる通学時間が三時間と二十分じゃ雲泥《うんでい》の差だ。

(断る理由……ない、よね?)

というか、断りたくない。満希にとって啓吾は、物心がつく前から特別な人だったから。

「えっと……、啓吾さんがいいなら、お願いしようかな」

「決まりね!」

明るく宣言した母親がさっそく千佳子に電話をかけた。とんとん拍子に予定が決まってゆくのを片耳で聞きながら、満希はそわそわと落ち着かなくなる。

(ほんとに、啓吾さんと……?)

なんだか夢でもみているようだ。

啓吾は兄の友人で、かつて近所に住んでいた幼なじみで、じつは初恋の相手だ。

数年前に宮永家が引っ越してご近所さんではなくなり、もともと友人だった母同士、兄と啓吾がその後もずっと親しくしている一方で、満希は疎遠《そえん》になっていた。

年が離れているからという以前に、満希が啓吾を避けていたからだ。――彼は気づいてもいなかっただろうけど。

物心がつく前から、満希は近所に住む宮永家のお兄ちゃんが好きだった。最初はそれが恋という自覚すらなかったけれど、ちょっと怖い実兄よりもやさしくて格好いい啓吾のそばにいたかったし、啓吾の三つ下の妹の友佳《ともか》がうらやましくてならなかった。どうして啓吾が自分の家族じゃないんだろう、と不満に思っていたくらいだ。

誰よりも大好きな近所のお兄ちゃんに「彼女」ができ、男の子である自分は彼を誰よりも大好きでいてはいけないのだと知ったときには幼心《おさなごころ》に大きなショックを受けた。あまりにも悲しくて、苦しくて、徐々に啓吾から距離をとったくらいだ。

最後にまともに顔を合わせたのはおよそ十年前、彼が大学進学を機に実家を出るときだ。笑顔で遠くに行く啓吾を、泣くのを必死で我慢しながら満希は兄の隣で見送った。

当時満希は八歳、淡い初恋の終わりだった。

その後は兄と両親の会話でときおり宮永家の近況を知るくらいで——啓吾の名前が出るたびに耳をそばだてていたのは秘密だ——、幼いころの憧れの人として啓吾は満希の心の奥にひっそり仕舞われていた。

それが何の因果か、十年の時を経《へ》てまさかのルームシェアだ。

彼はどんな大人になっているだろう。大きくなった満希を見て驚くだろうか。それともがっかりするだろうか。

(僕、子どものころは本当に女の子みたいだったらしいしなあ)

童顔美人の母親似の満希は、それこそお人形さんのように愛らしい子どもだったという。

十八歳になったいまも面影《おもかげ》は残っていて、大きな瞳は黒目がちでまつげが長く、鼻と口は形よく小づくり、小柄《こがら》ながらもすらりとバランスのいい体つきとあいまって「可愛《かわい》い系の男性アイドルにいそう」と言われることもある。男っぽくはないけれど、さすがに女の子に間違われることはなくなった。

（ていうか、僕のことなんか忘れてたりして）

ありうる。友人の弟だから存在は憶《おぼ》えていても、見た目やキャラクターはとっくに記憶の彼方かも。

でも、それはそれで気が楽だ。かつての自分がめちゃくちゃ啓吾に甘え、「大好き」を連呼していた自覚はある。思い返すと羞恥《しゅうち》で床をころがり回りたくなるレベルのアピールっぷりだったのに、十代の少年がよくあんな幼児を受け入れてやさしくしてくれたものだ。

忘れられてたらたぶん悲しい……けれども忘れていてもらった方が気が楽という、なんとも矛盾《むじゅん》した気持ちを抱《かか》えて、満希は落ち着かない気分で住宅賃貸情報誌を片付けた。

半月後、四月の初め。

無事に大学生になった満希は、スマートフォンの地図アプリとにらめっこをしながら慣れない住宅街を歩いていた。

今日からルームシェアを始める相手、啓吾は車で迎えに来てくれるとメッセージをくれたのだけれど、ただでさえこっちの都合で一人暮らしの家にお邪魔するのだ。必要以上に迷惑はかけたくない。

ということで事前に荷物だけを送り、最後の手回り品だけを詰めたリュックを背負って自力で新居を目指している。

地図アプリは優秀で、無事に目的の一軒家にたどり着いた。築浅の洒落《しゃれ》た平屋建て、こぢんまりとした庭ではミモザが満開だ。ぽわぽわと明るいイエローが歓迎してくれているようで、インターフォンを押す緊張も少しだけやわらぐ。

『はい？』

「こ、こんにちは……っ。羽野です」

『ああ、みつくん。ちょっと待ってて、いま開けるから』

ふわりとやわらかくなった声は、記憶にあるよりずっと低い。そしてすごく格好いい。

（うわあどうしよ、なんか、すごいドキドキしてきた……！）

吸って、吐いて、と意識的に深呼吸を繰り返して待っていたら、ドアが開いた。

現れたのは長身の美男――記憶にあるよりずっと大人っぽくなった、初恋の人だ。心臓がおかしな風に跳ねて、そのまま踊り始める。

陽光にきらめくやわらかな色の髪、形のいい眉《まゆ》の下には笑みを湛《たた》えている綺麗な切れ長の瞳、高い鼻梁《びりょう》に品のいい口許《くちもと》。美貌《びぼう》にふさわしくスタイルも抜群《ばつぐん》で、肩は広く、腰は引き締まっていて、めちゃくちゃ脚が長い。

——思い出した。満希は幼いころ、啓吾のことを本物の王子様なんじゃないかと思っていた。

さすがに十八歳にもなればそんなメルヘンな発想はしないものの、リアルに格好いい大人の男性として意識するのもそれはそれで緊張が増す。

こんな人と、これから本当に一緒に暮らすんだろうか。

満希の姿を認めた啓吾が目を見開き、破顔した。

「うわあ、みつくん、大きくなったねえ。大きくなっても小さくて可愛いけど」

「……っ」

まばゆいばかりの笑みを直視できず、とっさに目をそらす。ドキドキしすぎて何も言えずにいたら、「あ」と何かに気づいたように彼が声の調子を変えた。

「ごめん、男の子相手に『小さくて可愛い』はなかったよね。なんか、昔のみつくんのまま大きくなってたのにびっくりしちゃって」

「……そんなこと、ないと思いますけど」

緊張のあまり硬くてそっけない声になってしまった。これじゃ機嫌が悪いみたいだ。

どうしよう、と内心で焦《あせ》る満希に「えー、ほんとに面影あるんだけどなあ。俺の記憶がたしかなら」と啓吾は笑って冗談めかした言い方をする。さすが、専務とはいえ営業メインで仕事をしているだけあって空気が悪くならないように流してくれるのがありがたい。

さっそく啓吾が家の中を案内してくれた。

広々としたエントランスから延びている廊下の突き当たりがＬＤＫ、そこからも玄関からもアクセスがいい位置に和室――啓吾が使用中――がある。ロフト付きの洋室と、それよりやや小さな洋室がひとつ。３ＬＤＫの間取りだ。もともと外国人向けに作られたというだけあって天井《てんじょう》が高く、どの部屋もゆったりと大きい。備え付けの家具も高級感があって立派だ。

満希はロフト付きの洋室を借りることになっていて、先に送っておいた荷物はすでに運び入れられていた。

「ありがとうございます、荷物……」

「いえいえ。運んだだけだしね。荷ほどきも手伝おうか？」

「いえっ、けっこうです」

「そう？　じゃあ、手伝いが必要だったら呼んでね」

「はい」

啓吾は昔と変わらずフレンドリーに接してくれているのに、緊張しているせいで満希はどうしても堅苦《かたくる》しい態度になってしまう。硬い声の「けっこうです」も「はい」も、さっさと出て行けというニュアンスに聞こえてしまったかも。

（うう、どうしよう……。このままだと一緒に暮らしにくいやつって思われる……！）

焦るのに、何を言ったらいいかわからないし、ドキドキしすぎて自然に振る舞えない。

泣きそうな思いで広い背中を見送っていたら、「あ、そうだ」とドアのところで振り返った啓吾が満希の顔に何を見たのか、ふ、とやさしく目を細めた。

「お茶淹《い》れるから、あとでおいで。共用スペースを使うときのルール決めもしないとね」

なんとか頷いたものの、オイル不足のロボットみたいにぎこちなくなってしまった。

落ち着かない気分をなんとかするためにもさっそく荷ほどきに取りかかった。じつは満希は整理整頓《せいとん》が好きで、段ボールを開けると日用品や衣類がわかりやすく、取り出しやすいように詰めてある。そのままクローゼットや抽斗《ひきだし》に移すだけでいいから荷ほどきはさくさく進む。

ほどなくして、啓吾に呼ばれてLDKに向かった。キッチンカウンターには湯気のたつマグカップがふたつ。いい香りが漂《ただよ》う。

「ダージリンだよ。ティーバッグだけどね」

悪戯《いたずら》っぽく笑って明かす啓吾を直視すると鼓動が落ち着かなくなりそうで、満希は視線をさまよわせながらなんとか礼を言ってマグを受け取った。

「ずいぶん緊張してるっぽいけど、大丈夫？」

「ダイジョウブデス」

全然大丈夫じゃない感じの声になってしまった。じわりと顔が熱くなるけれど、やわらかく笑っただけで啓吾はからかったりはせず、ファイルから数枚の書類を取り出した。

「ほんとに久しぶりだから、緊張するのも仕方ないよねえ。でもこれからしばらく一緒に暮らすわけだし、うまくやっていけるようにちょっといまのお互いを知ろうか。これ、サービスでお客さんに配ってて好評なチェックシートなんだ。みつくんもやってみて」

渡されたのは『くらしのチェックシート』というものだった。「生活スタイルは朝方・夜型」「食べ残しは捨てる・冷蔵庫にとっておく」「食事中のスマホは気になる・気にならない」などの項目が並んでいて、左右をつなぐ線上に印をつけて答えるようになっている。中には「トイレットペーパーはダブル・シングル」のように、そんなことまで？　と戸惑う項目もあったものの、普段意識していない暮らしの好みを改めて考えるいいきっかけになった。

啓吾もチェックして、二人ともできあがったところで比較する。

「あ、けっこう近い感じだね。片付いてる方が好きでよかった。ここ、傷《いた》ませないために住んでるとはいえ売り物だし、内見希望のお客さんが来たらすぐ案内してあげないといけないからね。そのへんのことも聞いてる？」

「はい」

実際に人が住んでいる家を見ると生活のイメージがしやすいから、最近人気の内見スタイルだということ、こまめに掃除と片付けをしていれば普通に暮らしてＯＫというのも聞いている。

チェックシートで差が大きいところは相談し、同居するにあたっての簡単なルール決めをした。共用スペースの使い方と注意点を教えてもらっているうちに窓から入る光がオレンジがかってきて、時計を見た啓吾が「もうこんな時間か」と少し驚いた顔になる。

「夕飯だけど、今夜は外で食べようか。みつくんの歓迎会も兼ねて」

「は、はい」

歓迎してくれるんだ、と内心で喜びながらも返事をするので精いっぱいで気の利《き》いたことは何も出てこない。ただ、唇が勝手にほころんだ。啓吾がやわらかく目を細める。

「食べたいものある？　俺、仕事がらこの辺り一帯に詳《くわ》しいから、おいしいとこけっこう知ってるよ」

「えっと……、お任せします」

「じゃあ俺の友達んとこでいい？　庶民派だけどうまいんだよね」

頷いたら、「念のために予約入れとくね」と彼がスマホを取り出した。

連絡を入れたのは正解だった。その店は土曜日が隔週休みで今日は店休日だったのだけれど、ちょうど店で新作を試作中ということで特別に開けてもらえることになったのだ。

「やったね、みつくん引きが強いんじゃない？」

「僕じゃないと思います」

「啓吾さんの引きじゃないですか～」と軽やかに返したかったのに、出てきたのはそっけなく硬い声の、可愛げのかけらもない返事だ。もう、どうしてこんなにうまくできないのか……としゅんとする満希に、啓吾はくすりと笑って「ドンマイ」なんて言う。

啓吾の友人がやっているという店はビジネス街のど真ん中にあった。

レトロな外観の三階建てのビルの二階、細い階段をのぼっていった先で『ごはん屋　MOR

Ｉ』という控《ひか》えめな看板と木製の洒落たドアに迎えられる。ドアにかかっているプレートは【closed】だけれど、中からはあたたかな明かりと人がいる気配が漏れていた。

「こんちはー。来たよ、森見《もりみ》」

啓吾が涼やかなベルの音を響かせてドアを開けると、カウンターの内側でエプロン姿の青年が顔を上げて微笑《ほほえ》んだ。

「あ、いらっしゃい、ミヤ」

親しげな呼び方で迎えた彼は高校時代からの啓吾の友人と聞いていたのに、可愛らしい顔立ちとふんわりした雰囲気のせいかむしろ満希と同じくらいに見える。

カウンターには先客がいた。座っているからわかりにくいものの、余っているような長い脚からしておそらく啓吾と同じくらい長身の男性だ。試作と思《おぼ》しき料理の数々を前に箸《はし》を手にしているから試食担当だろう。

森見と呼ばれた店長から話を聞いていたようで、店休日なのに入ってきた満希たちに驚くことなく会釈《えしゃく》する。なんとなく大型犬を思い出させる、人なつっこい笑顔の男前だ。

「大沢《おおさわ》くんも来てたのか。どう、新作？」

「めちゃくちゃうまいです」

「あはは、大沢くんは森見のメシに『うまい』しか言わないからなあ」

「真尋《まひろ》さんが作るものはぜんぶうますぎるんで、語彙力《ごいりょく》なくなっても仕方ないです」

本気っぽい口調で主張する男前を「はいはい」と受け流して、啓吾がカウンターに座る。隣に満希を座らせて、店長と先客に紹介した。

「今日から俺の同居人になった羽野満希くん。ピカピカの新大学生。ちなみに克希《かつき》の弟。森見、覚えてる？」

「ああ、羽野くんの？　えー、似てないねえ……！　よろしく、森見です。こっちの彼は……」

「大沢です。この店の常連で、店長と店長のメシのファンです」

にっこり、いい笑顔で自己紹介した大沢に店長が照れた顔になってふわりと色白の頬を染める。年上なのに可愛い人だな、と思いながら満希も自己紹介をして、おしぼりを受け取った。

「休みなのにありがとな」

「ミヤに頼まれたら断れないよ。この店の恩人みたいなものだし」

「おおげさだなあ。俺は掘り出し物の物件があるって知らせただけだよ」

「でも、宮永さんのおかげで真尋さんのおいしいごはんが食べられるようになったんで、俺にとっても恩人です」

啓吾が「大沢くんまで重いなあ」と笑って満希にメニューを見せる。と、森見が止めた。

「そこに載ってるの、夜は丼《どんぶり》もののメインだから歓迎会っぽくないよね？　よかったら任せてくれる？」

親切な申し出に否《いな》やはない。お任せでオーダーすると満希たちの好みを聞きながら即席で献《こん》立《だて》を組み立て、試作で作ったという品々も小鉢《こばち》でたくさんつけてくれた。

メインはチキンファルシのトマト煮こみ、主食は満希が黒胡椒《くろこしょう》とチーズのリゾット、啓吾はガーリックトースト。春野菜たっぷりのポトフ、具だくさんのポテトサラダ、香の物として胡瓜《きゅうり》とセロリとトマトの和風ピクルスに加え、試作品だという鯖《さば》そうめんと菜の花の洋風おひたし、肉団子のチリソース煮、蕗《ふき》と根菜のそぼろきんぴら。小鉢は控《ひか》えめによそってくれたとはいえ、食べきれるか心配になるほどボリューム満点だ。

「歓迎会なら乾杯したいよね。うちはお酒は置いてないけど、これでどうぞ」

サービスも満点な店長が、梅シロップのソーダ割りを桜色の綺麗なグラスで出してくれた。しゅわしゅわキラキラしている爽《さわ》やかな香りの液体は、お酒じゃないけれどお酒っぽくて歓迎会の雰囲気が増す。

啓吾がにっこりして、満希のグラスに軽く合わせた。

「みつくんとの再会に乾杯。これからよろしくね」

「……お願いします」

「よろしく」の部分が抜けてしまったけれど、啓吾は気にせずにさっそくグラスに口をつけて「お、うまいね」と感心している。満希もひとくち飲んでみたら、すっきりした甘さと香り、軽やかにはじける刺激が口の中に広がった。

おいしい。食事への期待も高まって胃が元気になる。これが食前酒《アペリティフ》の効果か……と、アルコールはゼロだけれどちょっぴり大人になった気分で満希はカトラリーを手に取った。

さっそく食事にかかったら、どれもこれもおいしくておしゃべりするどころじゃなくなってしまった。そういえば初恋の人に会う緊張のせいで今日は朝からほとんど何も食べていない。ぱくぱく食べているところに「おいしいねえ」と啓吾が話しかけてくれたところで、口の中がいっぱいで頷くことしかできなかった。

ふふ、と啓吾が笑う。

「みつくん、ハムスターみたい」

かーっと顔が熱くなる。意地悪で言われたんじゃないとわかっていても、子どもっぽさを前面に出してしまった。我ながらがっついてしまった自覚はある。そもそも満希は口が小さいせいか、すぐ頬がふくらんでしまうのだ。

もっと少しずつ口に入れないと、と思うものの、そうすると食事に時間がかかってしまうから悩ましいところだ。咀嚼《そしゃく》スピードを上げたらいいのだろうか。でも、それはそれでハムスターっぽいかもしれない。

眉《まゆ》を下げて次のひとくちをやや小さいサイズにカットしていたら、大沢が呆《あき》れ顔で苦笑した。

「宮永さん、モテ男の条件備えてるのにたまにアウトな言動やらかしますよねえ。いまの、うちの姉貴たちが聞いたら女心をわかってないって大ブーイングですよ。満希くんは男の子ですけど、それでもメシ食ってる姿をハムスターは嫌なんじゃないかなあ」

「可愛いのに？」

「宮永さん視点でそうでも、言われた方は『がっついてる』ってからかわれた気分になるじゃないですか」

「えー、そんなつもりはなかったけど……。ごめんね、みつくん。おいしそうに食べてる姿がすごい可愛いって思っただけだから」

真顔ですごいフォローを入れてきた。内心で動揺しつつ、ふるふるとかぶりを振る。

どうも彼は、いまだに満希のことを八歳の子どもだと思っているっぽい。そうじゃなかったらこんなにぽんぽん「可愛い」なんて言うはずがない。

(ていうか、可愛いって言われて喜んでいる僕もどうなんだか……！)

そう思うものの、初恋の人の言葉の威力《いりょく》はすごい。胸の中が梅シロップのソーダ割りみたいにしゅわしゅわする。

でも、こういう反応はきっとよくない。これから同居する相手にときめきすぎたり、意識しすぎたりしたら、自然に振る舞えなくなってしまう。すでに自然に振る舞えていないとはいえ、これ以上悪化する前に自制しなくては。

深刻な顔になっていたせいか、店長が啓吾に注意した。

「ミヤ、満希くん困ってるよ。天然タラシ発言に気をつけて」

「あ、それ、ときどき言われるけどなに？　天然タラシ発言なんかした覚えないんだけど」

「自覚がないから宮永さんはたちが悪いんですよね～。誑《たら》すつもりもなく褒《ほ》めるし。……真尋さんが引っかからなくてよかった」

ぼそりとした大沢の低い呟きの後半はよく聞き取れなかったけれど、とりあえず啓吾がよく褒める人で、しかも無自覚で人を誑すらしいことはわかった。改めて気をつけなくては。

（そういえば昔も、彼女さんが途切れなかったもんね）

かつての切ない気持ちを思い出していたら、啓吾がごそごそとバッグからなにやら取り出した。――黒っぽい液体が入っているミニサイズのボトルだ。

きょとんと見ている先で、手つかずのポテトサラダに彼がその液体を容赦《ようしゃ》なくかける。

（醤油《しょうゆ》かソースっぽいけど、なんでポテサラに……!?）

目を丸くしている満希に気づいた啓吾が、にこりと笑ってボトルをかかげた。

「みつくんも使う？」

「い、いえ……っ」

「あっ、また宮永さんソースかけてる！　ありえないですって、真尋さんのポテサラになんという無体《むたい》をやらかすんですか！」

「えー、かけた方がうまいよ？」

大沢に責められたところで啓吾はどこ吹く風だ。ソースのかかったポテサラを満足げに口に運んでいる。

たしかに大沢は『MORI』の熱烈なファンのようだけれど、それを差し引いてもこのポテサラに関しては満希も彼に賛成だ。少し甘めでコクのあるポテサラは、たっぷりのすり胡麻《ごま》の香りもよくてこれまで食べてきた中でいちばんおいしい。これにあえてソースを投入するなんて信じられない。

（啓吾さん、もしかして味オンチ……？）

世の中にマヨネーズやケチャップ、酢など、特定の調味料をやたらと愛好する人がいるのは知っている。とはいえ、実物を目《ま》の当たりにしたのは初めてだ。軽いカルチャーショックを受ける。

啓吾はポテサラのみならず、かけても大丈夫そうなものは片っ端からソース色に染めてゆく。やめてほしい。見ているだけで初恋の人のきらめくイメージが音をたてて崩れてゆく。

というか、作り手である森見は嫌じゃないんだろうか。せっかくこんなにおいしいものを作ったのに、台なしに……というか勝手な真似をされて。

ちらりと見たら、店主は怒るどころか逆に憤慨中《ふんがいちゅう》の大沢をなだめていた。

「いいんだよ、ミヤは昔からソース好きだし」

「でも、そのまま食べた方が絶対うまいのに……！」

「味覚って人それぞれだし、最後までおいしく食べてもらえたら僕としてはそれでいいんだ。悠《ゆう》くんがおいしいって言ってくれるから、迷わないでいられるし……」

照れたような表情で付け加えられた言葉に、ぐっと大沢が黙る。ちょっと耳が赤くなっているように見えるのは気のせいだろうか。……気のせいだろう。自分が物心がつく前から啓吾を好きだったからって、他の人まで同じように見えるのは目が曇っている。

マイソースを持ち運ぶほどソースフリークな啓吾をきっかけに、「目玉焼きに何をかけるか」というテーマが俎上《そじょう》に載った。

「もちろんソース一択」

堂々と宣言したのは当然啓吾だ。ブレない。

「みつくんは？」と聞かれて、ソース一択の人には言いづらいなと思いつつ小声で答える。

「塩、です」

「塩だけ？　塩胡椒じゃなく？」

確認にこくりと頷くと、「ゆで卵と同じ感じかなあ」と啓吾はそれなりに納得する。

「森見と大沢くんは？」

「「醤油」」

完全に重なった声で返事をした二人が目を見交わして、はにかんだ笑みを浮かべる。……なんだかいちゃいちゃしているように見えるけれど、これもまた気のせいだろうか。

「でも、悠くんは卵好きだから醤油だけじゃなくて細かいこだわりがあるよね？」

「はい。シンプルな目玉なら醤油ですけど、ベーコンエッグなら塩胡椒ですし、コメにのっける半熟ならめんつゆですね。スクランブルエッグのときはケチャップで」

「ほんとこだわってるな〜。ソースは？」

「基本的に入りません。強《し》いていうならエビせんの間に焼いた卵を挟むときにお好み焼きソースを使うくらいですかねえ」

「え、なにそれうまそう」

「関西出身の友人に教えてもらったんですけど、簡単でうまいですよ」

「やっぱソース最強説」

「最強は醤油ですって。ね、真尋さん」

「調味料としては醤油に軍配《ぐんばい》かなあ」

「……塩、は」

おずおずと参加してみたら、「ああ、塩に勝る調味料はないか」と全員が納得した。テーマの結論じゃないけれど、ちょっとうれしい。

「ていうか、味覚が合うって大事ですよね。特に一緒に暮らすんなら。宮永さん、満希くんと同居って言ってましたけど大丈夫です？」

「ん？　なんで」

「味の好みが違うと、一緒にごはん食べるとき困りそうじゃないですか」

「そういえばミヤ、これまでの彼女さんと別れた理由のひとつにソースも入ってたよね」

苦笑混じりの店長の発言に啓吾が顔をしかめて返す。

「仕方ないだろ、ソース禁止令とか無理」

「中毒じゃないですか」

「それでいいし」

見た目はすっかり大人の格好いい男性なのに、嘯《うそぶ》く啓吾はちょっと子どもっぽい。思わず唇がほころぶと、気づいた彼が照れた顔になった。

「みつくんだって、どうしても譲《ゆず》れないくらい好きなものってあるでしょ」

「……そう、ですね」

ふいっと目をそらしてしまったのは、啓吾の照れ顔が格好いいのに可愛くて心臓がおかしくなったからだ。こんな態度では感じが悪いだろうと思うのに、じわじわと頬が熱くなるからもう彼の方を向けない。

(僕のどうしても好きなものって……、たぶん、啓吾さんだ……)

こんなところで、こんなタイミングで、満希は自覚する。

ずっと離れていたのに、再会した瞬間から満希の胸は啓吾に乱された。

ずっと止まっていた鼓動が再び打ち始めたみたいに。

抑えこんでいた気持ちが彼の笑顔ひとつで溢《あふ》れだしたみたいに。

再会してたったの数時間。なのに、子どものころと同じく啓吾はあっさりと満希の心を奪ってしまった。信じられないけれど事実だ。

（顔とか、声とか、仕草とか、話し方とか……なんかもう、ぜんぶ好きなんだよなあ）

子どものころはちゃんと自覚していなかったけれど、おそらく一目惚《ひとめぼ》れだった。再会してもう一度一目惚れ……いや、二目惚れをした。

自分でもよくわからないのに、啓吾はどうしても満希のツボなのだ。

でも、恋心を自覚したところでかなわないのもわかっている。

（だって啓吾さん、ふつーに女の子が好きなひとだし）

昔から人当たりのいい美男である啓吾は女性によくモテた。いまは昔以上に洗練されているからさらにモテるに違いない。仕事がら人に会う機会も多いだろうし、次期社長でこの若さにして専務というのも多くの女性にとって魅力的なはず。

選び放題の啓吾がわざわざ同性の……それも、年の離れた子どもっぽい満希を好きになる要素がない。

多少顔が可愛いといわれていようが、似たようなレベルなら普通に考えてわざわざ同性を選ばない。体だって女性の方が細くてやわらかいし、社会的な面倒もない。啓吾が生粋《きっすい》のゲイならと想像してみたところで、その場合は中性的な満希はなんの魅力もないはず。背も低いし、筋肉もつかない細い体だ。

（なんか……どうしようもないなあ）

好きになっても報《むく》われないのに、どうしても好きだなんてどんな運命のいたずらか。

（……でも、ラッキーではあるよね）

自覚したばかりのこの恋心に気づかれさえしなければ、好きな人と、期間限定とはいえひとつ屋根の下だ。普通ならありえない幸運だ。

（うん、前向きに満喫しよう）

引っ越し先が決まるまでの短い期間だと思えばこそ、幸運に感謝して楽しもうと満希は心に決める。

『ＭＯＲＩ』で食事をしている間に啓吾に対する緊張もだいぶほぐれ、昼間よりはずっと楽な気持ちで夜の家に帰ってきた。

「慣れない場所で疲れてない？　お風呂、先に入っておいで」

「いえっ、もう少し片付けがあるので」

親切な申し出を満希は言い訳つきで遠慮《えんりょ》する。でも、それは失敗だったかもしれない……と湯上がりの啓吾が現れたときにうろたえた。

（な、なんか、ドキドキしてやばい……！）

濡れ髪を無造作にかきあげている啓吾は王子様らしからぬワイルドな印象で、薄手のTシャツとスウェットパンツという初めて見るラフな格好とあいまって別人みたいだ。カシュ、とビール缶を開けて飲んでいる姿、その喉仏の動きに目を奪われてどぎまぎしてしまう。

なんとなくいたたまれなくなって、満希は着替えを抱えてそそくさとドアに向かった。

「お風呂、いただいてきます……！」

「ごゆっくり」

背中にのんびりした声がかかる。こっちはずっと動悸と緊張に悩まされているのに、彼だけがあんなにリラックスしているなんて理不尽な気さえする。

（まあ、啓吾さんにとって俺の存在がその程度ってことなんだろうけどわかっている。啓吾から見た満希はきっとまだ小さい子どものイメージが強くて、頼りない弟みたいなものなのだ。だからあんなに気遣《きづか》って、やさしくしてくれる。

満希の方は、広くて綺麗なお風呂に入りながらも先にバスルームを使っていた彼の姿を脳みそが勝手にイメージして落ち着かないでいるのに。

お風呂からあがると、啓吾はＬＤＫのキッチンカウンターでノートパソコンを使っていた。

（眼鏡《めがね》……！）

普段の彼は裸眼なのに、いまは眼鏡をかけている。またもや見慣れない姿に胸がぎゅんとなって動悸《どうき》がひどい。知的な眼鏡姿も格好よすぎる。

（僕、同居中に心臓発作で啓吾さんに殺されるかも……）

なんてことを真剣に考えていたら、凝視《ぎょうし》している満希に気づいた彼が目を瞬いた。見すぎてしまった、と慌てて目をそらしたら、視界の端で啓吾が眼鏡をはずして立ち上がった。

「お風呂上がりの一杯、どう?」

「……未成年ですけど?」

「うん、だからアルコールなしで。麦茶とオレンジジュースとポカリならあるよ」

冷蔵庫を開けた彼の意図に気づいて慌てる。

「じ、自分で……っ」

「俺のが近いじゃん。どれ? 早く」

「……麦茶をお願いします」

すでに冷蔵庫のドアが開いていることに観念してリクエストしたら、機嫌よくグラスに麦茶を満たして渡してくれた。

お礼を言って口をつける満希をじっと見ていた啓吾が、軽く首をかしげる。

「こうやって見ると、やっぱりみつくんもけっこう変わったねえ」

「……そ、ですか」

どうしよう、と内心でおろおろする。来たときは「変わってない」みたいなことを言っていたのに、改めて見たら「変わった」なんて、どう受け止めたらいいのかわからない。

昔と変わらないからやさしく、親しくしてくれていたのなら、変わってしまったことはマイナスにはたらくんじゃないだろうか。

「あの……っ、どのへんが変わりましたか」

思いきって聞いてみたら、すぐに答えがきた。

「とりあえず、大きくなったよね。前はこんなだったのに」

膝くらいの高さを示される。

「……いくらなんでも、そこまで小さくはなかったです」

「ああ、もうちょっと……これくらい？」

少し手の位置が上がったけれど、それでもせいぜい幼稚園児サイズだ。啓吾が大学進学で家を出た時点で満希は小学三年生である。彼の記憶の中でどれだけちびっこ扱《あつか》いなのか。

でも、べったり甘えていたのは小学校低学年までだったから仕方ないのかもしれないな、と内心でため息をついて受け入れたら、彼が続けた。

「大人っぽくなった。昔はほんとに女の子みたいだったけど、いまは綺麗で可愛いのにちゃんと男の子だよね」

「……っ、啓吾さん、ほんとにすぐ『可愛い』って言いますよね」

しかも今回は「綺麗」までついてきたし。

苦情のつもりはなかったけれど、ぎこちない満希の口調を啓吾は誤解したようで慌てて謝られてしまった。

「あっ、ごめん。俺、みつくんの小さいときのイメージが強いみたいでうっかりするみたい。ほら、あのころはみつくん、『可愛い』って言ったら喜んでくれてたから……」

「子どもでしたから……！」

「だよね、ほんとごめん」

そうじゃない、責めたかったんじゃない、と思っても、満希の口はうまく動いてくれない。

子どもだったから素直に喜べた褒め言葉も、いまは反応に困ってうまく返せなくなってしまうだけだ。でも、「可愛い」と言われてうれしいなんて告白したら、それこそ藪蛇《やぶへび》なんじゃないだろうか。

困り顔で言うべきことを探して口を開いたり閉じたりしていたら、啓吾がふわりと笑う。

「……ん、本気で嫌がられてるわけじゃない、のかな？」

うまく出てこない言葉で返事する代わりにこくりと頷く。と、彼の笑みが深くなった。

「怒られるかもしれないけど、やっぱり可愛い」

「……っ」

今度はかぶりを振ったら啓吾が声を出して笑った。笑われたことに顔が熱くなって、満希は震え声を絞り出す。

「な、なんで笑うんですか……っ」

「ああ、ごめんごめん。なんかもう、ほんと可愛いなあって思ったら、つい」

「意味がわかりません……！」

「うん、俺もよくわかってないから大丈夫」

何が大丈夫なのかまったくわからない。

戸惑う満希の手から空《から》になったグラスを取り上げて、シンクに向かいながら啓吾が肩ごしにやわらかな笑みを見せる。

「ひさしぶりにみつくんと会って、大きくなったなあって思うのにやっぱり小さくて可愛くて、仕草とかも可愛くて、なんか浮かれてんのかな。もしかしたらちょっと酔《よ》ってんのかもしんないし」

「……疲れてると酔いやすいって、兄ちゃんが言ってました」

「そうだね。そういうことにしとこう。俺もなんでこんな楽しい気分になってるのかよくわかんないし」

啓吾にわからないことが満希にわかるわけもない。

止めるのも聞かずにさっさとグラスを洗ってくれた啓吾に礼を言って、満希は部屋に引っこむことにした。とりあえず、一人になって少し落ち着きたい。

「……えっと、じゃあ、おやすみなさい」

「うん。おやすみ」

ひらりと手を振る彼に背を向けたら、「あ、そうだ」と聞こえて振り返る。

「夜中にトイレに行くのが怖かったら呼びにきていいよ。一人寝が怖いときもどうぞ」

「……大丈夫です」

悪戯っぽいウインク付きの発言は明らかにただの冗談だったのに、真顔で普通の返事をしてしまった。もっとセンスを磨《みが》かないと、と反省しつつ満希はぺこりと頭を下げて、ＬＤＫを出る。

（啓吾さん、大人になってたなあ）

今日から自室になった部屋の布団に入った満希は目を閉じて、数分前まで一緒にいた人の姿を思い浮かべる。かつて子どもだった自分の目から見た啓吾も大人っぽかったけれど、久しぶりに会った彼は記憶にあるよりもっともっと大人っぽかった。

（あれだけソース大好きなの、初めて知ったな）

無意識に苦笑めいた笑みがこぼれる。

再会した啓吾は昔の啓吾ほど王子様っぽくない。それなのに、昔以上に満希の鼓動を乱してどぎまぎさせる。

今日初めて知った姿や印象に残った眼差し、楽しかったやりとりを反芻《はんすう》しているうちに、いつしか満希は眠りの世界に誘われていた。

【2】

同居二日目の朝。満希《みつき》はいつになく早起きして、音をたてないように気をつけながら身支度をすませてキッチンに立った。

朝食を作るのだ。

ルームシェアとはいえ、「一部屋プラス共用空間として妥当《だとう》な金額」として提案された家賃は一人暮らしの相場よりもだいぶ安かった。「使用面積は俺の方が多いから」と啓吾《けいご》は言っていたけれど、彼は日中仕事でいない。

親切な彼に負担をかけないためにも家事をがんばろう、と満希は心に決めてやってきた。

「勝手に使っていいよ」という許可は昨日のうちにもらっているから、冷蔵庫を開けて中身をチェックする。

「卵、牛乳、ハム、チーズ……」

食パンもあった。これなら洋風の朝ごはんなら余裕で作れそうだ。野菜室はほぼ空だったけれど、袋の口が開いた胡瓜があった。冷蔵室にちくわがあったからつまみ用かもしれない。

「サンドイッチかな」

もの慣れた口調で呟いてみて、えへへと満希は一人で照れ笑いする。

じつをいうと、満希は全然料理に慣れていない。

なんといっても昨日まで実家暮らし、しかも母親は料理好きだった。料理なんてまったくできなくてもおいしいごはんを毎日食べられたのだ。ほかの家事にしても然《しか》り、自室の掃除以外は母親に甘えきっていた。

しかし、啓吾とのルームシェアが決まって満希は心を入れ替えた。同居人に迷惑をかけるわけにはいかないし、格好悪いところを見せたくない。むしろ出来るところを見てもらって、願わくば褒められたい。

ということで、満希はこの半月ほど母親に家事全般を習ってきた。

さすがにこの短期間で覚えられた料理のレパートリーはそう多くないものの、材料を見てサンドイッチを作れるなと思うくらいには成長したのだ。

まずはトースターで食パンを二枚焼き、その間にスクランブルエッグを作る。塩胡椒も忘れない。こんがりトーストされたパンにマヨネーズを塗《ぬ》ってハムとチーズ、スクランブルエッグ、切った胡瓜の順にのせて、最後にマヨネーズを塗ったもう一枚のトーストを重ねたら、おいしいハムエッグホットサンドが完成……するはずだった。

「わっ、わ、あちち……っ」

実家のトースターよりも火力が強いのか、スクランブルエッグを作っている間に焦げ臭《こ　くさ》い匂いが漂《ただよ》ってきて、慌てて取り出したら指先を軽くやけどしたうえに今度は卵が少々焼けすぎ状態で固まった。

「もう……！」

流水で手を冷やしながら顔をしかめる。パンはかなり焦げ気味、こんなものを啓吾に食べさせられない。

「や、でもこれは練習だから！」

自分を励《はげ》ますように声に出して、満希は家主が起きてくる前に証拠隠滅《いんめつ》を図る。ナイフでガリガリと焦げた部分を削《けず》り、ギリ食べられる状態になったもので予定よりもこんがりすぎるサンドイッチを完成させて、牛乳で流しこみながら大急ぎで食べた。朝はあまり食べられない満希のおなかにパン二枚は多かったものの、なんとかクリア。

使った道具を洗って、もう一度トライする。

さっきの失敗を活《い》かしてパンからは目を離さず、ほどよく焼けたところで先に取り出しておく。これで落ち着いてスクランブルエッグを作れる。

今度は無事に、我ながら完璧《かんぺき》なサンドイッチができた。

母親のアドバイスを思い出してサンドイッチをラップでぴっちり包み、包丁で切る。以前はトーストしてないパンだったから手応《てごた》えがだいぶ違ったけれど、無事成功してほっとした。

ラップをはずせば卵の黄色とハムのピンク、胡瓜のグリーンのコントラストもおいしそうな綺麗な断面のサンドイッチの完成だ。

よし、と満足の笑みを浮かべて満希はサンドイッチを少し重ねて立体的に皿に盛る。端っこにパセリを添えたいところだけれど、そんなものはないから胡瓜の残りを切って並べた。

見た目の印象をさらにアップするため、もしもに備えて持ってきていたカップスープの素《もと》も用意する。電気湯沸かし器で熱湯も万全だ。

「あとはコーヒー、とか？」

満希は飲まないけれど、両親はコーヒーで朝を始める派だった。啓吾がコーヒー党だった場合に備えてこれもちゃんと習ってきた。

キッチン内でコーヒーを淹れる道具を探していたら、ＬＤＫのドアが開いてびくーっと体が跳ねた。

「あ、おはようみつくん。早いねえ」

「おはようございます……っ」

振り返った満希は、また初めて見る啓吾の姿に固まってしまった。

顔を洗ってきたらしい彼は前髪が一部濡れていたりするのにまだ眠そうで、後頭部がくしゃっとなっている。ゆうべよりもよれよれになったＴシャツ、スウェットパンツがずれて、引き締まった腰と下着のゴムがちらっと見えている。

（なあああ……！）

ゆるゆるな寝起き姿なのに可愛くて色っぽくて格好いいとはどういうことだ、と内心で頭を抱えてころがってしまった。

心臓がばくばくしている。まずい、これは絶対に顔が赤くなる。

急いで目をそらして、自分を落ち着かせるべく満希はカップスープの素の原材料を熟読しながらこっそり深呼吸をする。よし、なんとか大丈夫そうだ。

それでもおかしな態度をとってしまわないように、気持ちと表情筋を引き締めて顔を上げたら、啓吾は近くまで来ていた。ぴょんと跳ねた心臓をなんとかなだめつつ聞いてみる。

「あっ、朝ごはん、食べます？」

「え、俺のぶんもあるの？　いい匂いするなあって思ってたんだけど」

「これ、どうぞ」

カウンターにのせておいた皿を示すと、眠そうだった啓吾の切れ長の瞳がぱあっと輝いた。

「わ、めっちゃうまそう。すごいねえ、みつくん料理上手《じょうず》なんだ？」

「べつに……、これくらい普通です」

照れくささのあまり出た言葉に満希は内心で歯噛みする。せっかく褒めてもらったのにいまのは感じが悪かった。少しでもフォローするべく急いで言い足す。

「あの、インスタントでよければスープもありますけど」

「わあ、すごい豪華になるねえ。ありがとう」

「いえ、ほんとに、インスタントですし」

喜んでもらえてうれしい一方、ちゃんと作ってないから尻《しり》すぼみの返事になる。

とりあえずスープを用意しようとマグカップを取り出していたら、シンクを見た啓吾が首をかしげた。

「あれ、何か焦げた？」

「えっ」

「パンかな。黒いカスが残ってるけど……」

「！」

焦げた部分をナイフで削いだときの黒い粉がシンクの端に散っているのに気づかれてしまった。ちゃんとシンクを磨《みが》いておけばよかった、と思っても後の祭りだ。証拠隠滅不十分、こうなったら被害の程度をぼかして報告だ。

「焦げたってほどじゃなかったです」

「そう……？」

怪訝《けげん》そうな彼にこれ以上追及されるのを避けるため、満希は急いでカップスープを作ってサンドイッチの横に並べる。

「どうぞ」

「あ、うん、ありがとう」

「サンドイッチ、温め直します?」

ルーチンワークをこなすコンビニ店員のような問いと共に片手を出すと、どこかおもしろそうに瞳をきらめかせて啓吾が頷いた。

「お願いします。少しでいいよ」

「わかりました」

少しってどのくらいだろう、と思いながらもトースターに入れる。緊張して様子を見守っていたら、オレンジジュースを注いでいた啓吾から「もういいと思うよ」とストップがかかったからほっとした。

さっき軽くやけどしかけたから、もう失敗はしない。皿を手前に用意して、素手《すで》ではなく菜箸を使う。うまくいった。

「どうぞ」

自分でも気づかないうちにドヤ顔になって差し出した皿を、「ありがとう」と受け取った啓吾が笑みをこぼす。

「どうかしました……?」

「いや……、うん、なんでもないよ」

こほんと咳《せき》ばらいをして、「いただきます」と両手を合わせた。まずはスープ、それからホットサンドだ。

「ん、うまいね」

内心でめちゃくちゃほっとしながらも平静を装って「よかったです」と返したものの、うれしい気持ちが抑えきれなくて唇の端が笑いだしそうに震える。

でも、これくらいでにやにやしていたら怪しまれてしまう。ぎゅっと唇を引き締め直したところで、じっと見つめられていたことに気づいてじわりと顔が熱くなった。

「な、なんですか」

「おいしいよ。これ、ほんとに。朝からありがとう、みつくん」

「いえ」

もっと普通に笑顔で返せればいいのに、啓吾のにっこりに直撃されたらドキドキしすぎてうまく答えられなくなってしまう。というか、彼は満開の笑顔を見せすぎだ。もっと出し惜しみしてくれないと本気で困る。

（僕、絶対愛想のないやつだって思われてる……）

早く彼といることに慣れて、もっと普通に振る舞えるようにならないと……と反省していたら、サンドイッチの半分を食べ終えた啓吾が申し訳なさそうに切り出した。

「……あのさ、これにソースかけたらダメ？」

「は」

「あっ、いや、みつくんが嫌ならしないけど。これ、とんかつソースと合いそうだなーって」

早口で言い訳する彼がすでに種類まで選んでいることに目が丸くなったものの、ゆうべは問答無用でソース投入だったことを思うと、これは一応、満希に気を遣っているのだろう。

自分といるのを負担に感じてほしくないし、イメージしてみたらたしかにこのサンドイッチならソースをかけてもおいしいはず。ほぼソースの味になるとしても。

「べつに、いいですよ」

不機嫌に聞こえないように気をつけて答えて、本当にかまわないというのをアピールするために自ら冷蔵庫からとんかつソースを出して渡した。

礼を言って受け取った啓吾はいそいそとサンドイッチのパンをめくり、パステルカラーの具材たちをソース色に染め上げる。パンを戻してかぶりつくと、「ん～」と満足げにうなってさっきよりもハイペースで残りを食べ終えた。

（……なんだろう、この敗北感）

プロの料理人である森見《もりみ》は「おいしく食べてもらえたらいいよ」と笑って受け入れていたけれど、正直、とても微妙な気持ちだ。料理に慣れていないせいで「がんばって作ったのに僕とソースのどっちが大事なの⁉」みたいな面倒なことを考えてしまうんだろうか。

ソースに対抗してどうする、と心の中で自分を叱咤《しった》して、ちょうどシンクを磨き終えた満希は気がかりを啓吾に聞いた。

「足りました？」

「うん、おいしかった！　あとはコーヒーがあれば超満足……」

「あっ、すみません。コーヒーの場所、わからなくて」

続きを遮《さえぎ》ってとっさに謝ると、目を丸くした彼がふわりと笑う。

「なんでみつくんが謝るの。俺のぶんまでごはん作ってもらえてうれしかったし、助かったけど？　ていうか、あんま気ぃ遣ってくれなくていいからね。みつくんにぴったりの物件が見つかるまでっておばさんが言ってたから短い期間にはなると思うけど、もっと楽に、なんだったら兄だと思って接してくれればいいから」

兄相手にどぎまぎしたことなんか一度もないけれど、せっかくの気遣いだから無言で頷いた。

「ていうか、俺が謝るべきだよね。コーヒーの場所教えてなかったし」

「いえ……っ」

「いまから淹れるけど、みつくんも飲む？　俺、コーヒー淹れるのけっこう得意なんだ」

「……いただきます」

じつはブラックコーヒーは苦手なのだけれど、せっかくの申し出を断りたくなくてもらうことにする。がんばれば飲めるから大丈夫だろう。

鼻歌混じりで啓吾は細い口のケトルで湯を沸かし、その間に冷凍庫で保管している瓶からコーヒー豆を取り出した。セラミックのスタイリッシュなミルで粗挽《あらび》きにして、慣れた手つきでフィルターを折って実験器具のようなガラスの容器にセットする。沸かしたてのお湯を細く注いで丁寧にドリップ。寝起きファッションでも慣れた仕草でコーヒーを淹れる姿が様になっていて、うっかり見とれてしまう。

「最後の方は雑味が出るから、これでおしまい」

琥珀色《こはくいろ》の液体が落ちきらないうちに彼がドリップをやめて、はっと我に返った満希は急いで目をそらしてマグをふたつ用意した。

「はい、どうぞ」

注ぎ分けたうちのひとつを渡されて、礼を言って香りを吸いこむ。

深く、染み入るような素晴らしい香気。苦いのは苦手でも香りは好きな満希がうっとり目を細めると、啓吾も同じようにして微笑《ほほえ》む。

「わかってるねえ、みつくん。この豆、とっておきなんだよ」

「……いい匂いです」

我ながらなんて芸のない返事だろう。でも、そっけない感じじゃなく返せたからひとまず及第点だ。

馥郁《ふくいく》たる香りに、これなら……と満希は少しだけ飲んでみる。

(にっが……！)

ぎゅーっと顔が真ん中に集中しそうになるのをなんとか我慢したけれど、実家で飲んでいたコーヒーよりさらに苦い。これは一杯飲みきれるかどうか。

啓吾がこっちを見ていることに気づいて、満希は慌てて口角を引き上げた。

「おいしいです」

「ほんとに？」

「はい。うち、両親がコーヒー好きなんです」

苦手なのがバレないように自分の嗜好《しこう》とは違う両親にも登場してもらって、もうひとくちすする。コーヒーが好きな人なら「すっきりした飲み口ながらコクのある苦さに酸味と甘みのバランスが……」などと評するのかもしれないが、いまの満希は飲みこむので精いっぱいだ。

それでも平気な顔を懸命《けんめい》にキープしていたら、啓吾がことりと首をかしげた。

「みつくん、ベトナムコーヒーって知ってる？」

「え……？　いえ」

「おいしいから、それでアレンジしてみる？」

にこ、と笑って手を差し出され、戸惑いながらも満希はマグカップを渡す。啓吾によると、ベトナムコーヒーとは底にコンデンスミルクが入っている甘いコーヒーらしい。

「うちにコンデンスミルクはないから、代用になるけどいいよね」

「はあ……」

よくわからないまま頷くと、啓吾は新しいカップを出して砂糖を数杯入れ、そこに牛乳を注いでレンチンしてから混ぜる。なるほど、これがコンデンスミルクの代わりになるのだ。

さらにそこに満希の飲みかけのコーヒーを注いだ。コンデンスミルクと違って底に溜まってはいられないから、甘いミルクは全体に混ざる。

「飲んでみて」

渡されて、ひとくち試しに飲んでみる。

「おいしいです……！」

「ん、よかった」

にこにこしている啓吾につられて満希もちょっと笑って、残りもおいしく飲む。最後の方は溶けきらなかった砂糖が残っていてものすごい甘さになっていたけれど、苦いより断然いい。

あれはベトナムコーヒーというより甘いカフェオレだったのでは、と満希が気づいたのは、大学に向かうバスに乗っている最中だった。

スマホで調べてみたら、やっぱり別物だ。大まかな説明は間違っていなかったけど。

（もう、啓吾さんってば大人……！）

自分では隠せているつもりでも、満希はなんでも顔に出てしまう。実家では家族に――特に母と兄によくからかわれていた。無理しているのに気づいた啓吾は、満希に恥をかかせないように気遣いつつ飲みやすくしてくれたのだ。

（こんなの無理だって）

再会してすぐに一目惚れに落ちてしまったのに、これ以上好きにさせないでほしい。かなわない恋をしている相手とルームシェアなんて、バレたらいけないのにうっかりいろいろとしそうで不安がいっぱいだ。

緊張しすぎてぎこちない態度をとって、自己嫌悪に陥《おちい》るのなんて嫌なのに。

（啓吾さんが素敵すぎるのがいけないよね……）

はあ、とため息をついて本気でそんなことを思ってしまう満希の恋の病は、再会二日目にしてとっくに重篤である。

大学生になると同時に始まった新生活は覚えることとやすべきことがたくさんあって、刺激的で目まぐるしい。

大学ではサークル勧誘や新歓コンパ、高校とは違う講義時間の長さや単位の取り方などに戸惑いながらも、同じ高校出身の友人や新しくできた友人、先輩たちにいろいろ教えてもらって大きな問題もなくクリアできている。五月末にはだいぶ慣れて、ペースも摑めた。

一方家では、わかりやすいゴールがないから毎日試行錯誤《さくごちゅう》中だ。

好きな人によく思われたいのに恋心に気づかれたら困るせいで、満希はたびたび啓吾にぎこちない態度をとってしまう。

言葉足らずや可愛げのない対応を毎日のように反省しているのだけれど、ありがたいことに気まずくはなっていない。啓吾が驚くほど鷹揚《おうよう》でやさしいからだ。

満希のことを子どもだと思っているから大人としてゆったりかまえているのだとしても、どんな態度をとられても穏やかに、機嫌よくいられるというのはすごい才能だと思う。彼といると緊張してドキドキするのに、何かと楽しい。毎日がキラキラしている気がするくらいだ。

(初めて同居する相手が啓吾さんだったの、すごくラッキーだったかも)

大学からまっすぐ家に帰りながら、満希はしみじみと思う。

ソースが好きすぎたり、掃除の仕方が違ったりというのはあっても、最初にチェックしたシートで判明したようにベースが似ているおかげか一緒に暮らしやすい。啓吾がこまめに「ありがとう」を言ってくれるというのも大きいかもしれない。

感謝されたくて積極的に家事をしているわけじゃないとはいえ、お礼を言ってもらえるとうれしいし、やる気が出る。「したこと」に気づいてくれているのがわかるから。

啓吾にも「みつくんと同居してよかった」と少しでも思ってもらえるように、自分にできる貢献《こうけん》として満希はいっそう積極的に家事に励んでいる。

ただ、実家では母親に任せきりだったから何をするにも時間がかかるのが問題だ。

もっと慣れれば合理化できたり手際がよくなったりするのかもしれないけれど、いまのところは時間に十分な余裕をとるしかない。講義が終わるなり友人たちと遊びに行かずに直帰するのも、夕飯とお風呂の支度のためだ。

べつにやれと言われているわけじゃないし、自己満足なのも、いい格好したがりなのもわかっている。でも、好きな人にはよく思われたいんだから仕方ない。

（ちょっとだけ、恋人気分だし）

啓吾には絶対言えないけれど、ごはんを作って彼が仕事から帰ってくるのを待っているとき、満希は同居じゃなくて同棲《どうせい》みたいだなあ、なんて一人でにやけてしまうのだ。いやもう、本当に絶対言えないいし、にやけ顔は見せられないけど。

帰宅したらまずは夕飯を作り――失敗しても証拠隠滅してやり直す時間をとれるように最優先だ――、洗濯物をたたむ。啓吾の帰宅時間に合わせてお風呂を用意するのが日課だ。

今日も無事に夕飯の支度と洗濯物を終え、時計を見てバスルームに向かった満希はお風呂掃除用のスポンジを片手に水を出した瞬間、悲鳴をあげた。

「あーあ……、やっちゃった」

ぽたぽたと水を滴《したた》らせながら、ずぶ濡れになった満希はシャワーを止める。実家とは逆になっている造りのせいで、たまにシャワーと蛇口《じゃぐち》の切り替えを間違えてしまうのだ。

（このままお風呂に入っちゃいたいけど……）

啓吾がもうすぐ帰ってくるはず。仕事帰りの彼に先にお風呂を使わせてあげたいから、自分のことは後回しだ。

大急ぎで掃除を終え、給湯ボタンを押してから脱衣所でびしゃびしゃになったカットソーとジーンズを脱いだ。

「よかった、下着は無事っぽい」

ほっと呟いたところで、ガチャリとドアが開いてびくーっと体が跳ねた。大きく見開いた目を向けた先で、啓吾も驚いた様子でこっちを見ている。

「あ、ごめん。みつくんの声がしないなとは思ったんだけど、部屋にいるのかと……」

「い、いえっ、すみません、お風呂掃除してたら濡れちゃって……っ」

あわあわと説明しながらとっさに背中を向ける。全裸じゃないし、男同士で隠すこともないのに、なんだか薄っぺらい体を見られるのが恥ずかしい気がして。

というか、啓吾もちょっと変だ。男の半裸なんて珍しいものじゃないだろうに、なぜか固まったままガン見している。

「あの……?」

「あっ、ごめん……！　細いなあと思ってたけど、みつくん、ほんとに細いねえ。色白で肌も綺麗だし。なんか、同じ男とは思えないなあってうっかり見とれちゃった」

さらりととんでもないことを言われたけれど、どう反応したらいいのだろう。彼のことだからいつもの素直な――だからこそ思わせぶりになってしまう褒め言葉なのだろうとわかっていても、どうしようもなくドキドキしてしまう。

いや、ドキドキというかぞくぞくするような……？　と思った矢先、くしゃみが出た。

「わ、大丈夫⁉　着替え……はなさそうだね。持ってくるよ」

言いながら啓吾がバスタオルを取って、満希の頭からかぶせてわしわしと拭《ふ》く。犬や猫の面倒をみているかのような色気のない手つきに、やっぱりさっきのドキドキは無駄だったのだと満希は内心で苦笑した。

「すみません。ソファのとこに、たたんだのがあると思うので……」

「下着は無事？」

バスタオルの下で赤くなりつつ頷くと、「オッケ。じゃあなんか持ってくるね」とぽんと頭を軽く撫でて啓吾が脱衣所から出て行った。

ほっとして自分で髪や体を拭いていたら、Tシャツと短パンを手に啓吾が戻ってきた。両方とも満希が最近パジャマ代わりにしているものだ。

「髪、まだ濡れてるね」

ついと啓吾の長い指が満希の髪をすくう。内心でドキリとして、とっさにそっけなく返してしまった。

「そのうち乾きます」

「駄目だよ、みつくんが風邪ひいたら困る」

困る、という言い方にきょとんと目を瞬くと、少し焦ったように啓吾が言い足した。

「ほら、俺は羽野家から大事なみつくんを預かっているわけだし」

「あ、そ、そうですよね」

頷きながらも「大事なみつくん」部分にどぎまぎする。違う意味だとわかっていていちいちときめけるなんて、我ながら得なんだか不便なんだかわからない。

「ドライヤーを……」

「あっ、大丈夫です、持ってます！」

面倒見のいい彼に「乾かしてあげようか」と言われそうな気配を感じて急いで遮《さえぎ》った。もう子どもじゃないのにそこまでさせるわけにはいかない。

自分でドライヤーをかける満希をドアのところに立ったまま眺めている啓吾は微妙に残念そうに見えるけれど、残念がるはずがないから目の錯覚だろう。

なんとなく落ち着かない気分で乾かし終わったところで、鏡に映《うつ》っている彼が口を開いた。

「明日土曜日だけど、みつくん何か予定ある？」

「え……、いえ、特には」

「じゃあ、このへんの案内とかされてみない？」

きょとんと目を瞬く満希に、啓吾がにこりと笑って誘いの内容を明かす。

「ここってけっこういい立地で、買い物にいい場所とかおもしろいスポットがたくさんあるんだよね。案内ついでにごはん食べに行こっか。いつもうちのことをがんばってくれているお礼も兼ねて、ご馳走《ちそう》してあげる」

「！」


本人にその気はなくとも、満希的にはランチデートだ。ドキドキしながら頷いた。

そうして翌日、本当にランチ付きご近所案内ツアーに連れ出してもらった。

さすがに祖父の代から不動産業をやっているだけあって、啓吾はものすごく地理に明るい。あらゆる路地や裏道や店を知っていて、地名の由来などの豆知識まで披露《ひろう》してくれるから一緒に近所を回るだけで楽しい。連れて行ってもらったお店のランチもおいしくて、あっという間に一日がすぎていった。

楽しい一日が終わってしまうのを残念に思っていたら、それがまるっと顔に表れていたようで、啓吾が微笑んで「まだ案内できてないところもあるけど、興味ある？」と聞いてくれた。こくこく頷いたら翌日もツアー開催が決定した。

それから毎週末、徒歩や車でランチ付きご近所案内ツアーに連れて行ってもらえるようになった。啓吾の休日をまるまるもらっていいのか悩むものの、好きな人に誘われたら断れない。

（嫌だったら、啓吾さんも誘わないだろうし……）

自分にそう言い聞かせて、満希は同居人の親切に甘えさせてもらう。

啓吾にとって単なる家事のお礼だとわかっていても、毎週末は幸せなご褒美《ほうび》となった。

【3】

ランチ付きご近所案内ツアーで一緒にいる時間が増えたおかげか、啓吾《けいご》の前で緊張しすぎる満希《みつき》の悪癖《あくへき》も六月にはだいぶ改善していた。

「みつくん、俺もう出るけど、ゴミこれだけ？」

「はい」

「買い物リストに追加は？　シャンプーの買い置きあったっけ」

「見てきます」

ダッシュでストック棚をチェックし、「ないです」と報告すると啓吾がスマートフォンのメッセージアプリを利用した買い物リストに追加する。

このリストは、数週間前に彼の提案で始めた。アプリで二人だけのグループを作り、お互いに必要なものを書きこむ。それをチェックした啓吾が会社帰りに買ってきてくれるのだ。

同居生活はすっかり軌道《きどう》に乗った。

一人暮らし用の物件が見つかるまで、もしくはこの家に入りたいという人が現れるまでの期間限定のルームシェアはいつ終わってもおかしくないのだけれど、いまのところは安泰だ。もうしばらくこのままでいられますように……という満希のひそかな祈りが通じているのかもしれない。

「いってきます」

「いってらっしゃい、です」

にこっと笑顔を残して出勤する啓吾をまぶしいものを見る気分でドアが完全に閉まるまで見送ってから、満希は家事にとりかかる。

洗濯時に気をつけることとして母親から「ポケットに何か入っていないか必ず確認すること！」と言われているから、満希は毎回ちゃんとポケットを確認する。啓吾の服をチェックするときはなんとなくちょっとドキドキしてしまう。

洗濯機を回している間に掃除機をかけて、拭き掃除と整理整頓。洗濯終了のメロディが聞こえたら洗濯物を干してアイロンがけ。余裕があれば大学に行く前にできる範囲で夕飯の仕込みもしておく。家事に慣れたおかげで近ごろは段取りもばっちりだ。

掃除、洗濯、料理。このほかにも名もなき家事は山のようにある。

生活は細かな雑事の積み重ねだ。実家では快適に暮らせるのが当たり前で、そのために心を配り、絶え間なく働いてくれている人がいるのをちゃんとわかっていなかった。「一度は一人暮らしをした方がいい」と母親が言っていた理由がやっとわかった。一人暮らしじゃなくて幸せな二人暮らしだけれど。

鼻歌混じりに掃除を終え、カゴを手に洗濯機のドアを開けた満希は大きく目を見開いた。

「……うそ」

呆然《ぼうぜん》と漏れた呟きと共に、驕《おご》れるもの久しからず、と中学生のころに習った平家物語のフレーズが脳裏をよぎる。

同居を始めて以来、最大級の失敗をやらかしていた。


食べ物のように証拠隠滅をすることもかなわず、呆然としながらも残りの家事と大学の講義をこなした満希は帰宅後、自分の失態を前に改めて落ち込んでいた。

「うう、啓吾さんになんて言って謝ろう……」

うめくものの、正直に謝罪するほかないのもわかっている。

せめてものお詫びに夕飯は彼の好きそうなものを作ろうと思い立ち、レシピサイトで検索して今夜のメインを決めた。少しでも気を紛《まぎ》らわせるために調理を始める。

メインの味が濃くなりそうだから、汁物はさっぱり系にしようと野菜とベーコンをコンソメで煮る。これは失敗なしの定番スープだ。あとはレタスをちぎり、トマトと胡瓜をカットして盛りつけたら絵に描いたようなサラダの完成。

煮物を仕上げ、ごはんが炊けたところで啓吾が帰ってきた。ぎくりと体がこわばる。

「ただいまー。うわあ、すごいいい匂い。今夜はなに？」

ソファに鞄《かばん》と上着を投げ出して、シンクで手洗いうがいをすませようとしている彼から距離をとりつつ満希は罪悪感に目をそらして答える。

「鶏《とり》の骨付き肉とゆで卵のソース煮と、スープとサラダです。……あの、悪いニュースがあるんですけど、食事の前と後、どっちがいいですか」

うがいをしていた彼が止まる。

「いいニュースと悪いニュースじゃなくて、悪いニュースだけ？」

「すみません……」

「いや、謝られることかどうかまだわかんないんだけど。……ていうか、みつくんが関係してるの？　じゃあいま聞く。何があったの」

急に真剣になった彼に焦りつつ、満希は泣きそうな気分で啓吾をリビングへと案内した。そこにはたたみ終えた洗濯物が几帳面《きちょうめん》に並んでいる。

その中のひとつを手に取り、正座した満希は頭を深く下げて差し出した。

「すみません！　こんなことになってしまいました……！」

受け取った啓吾がそれを広げ、確認している気配がする。顔を上げられないまま身を固くしていたら、ふう、とため息が聞こえてびくりとした。

「なんだ、シャツに色移りしただけじゃん。いいよ、べつにこれくらい。も～、びっくりさせせないでよ、みつくんに何かあったのかと思った」

笑ってそう言ってくれる彼は本当に怒っているようには見えないけれど、満希の眉は申し訳なさで下がったままだ。

だって、色移りしたのはシャツだけじゃない。タオルも靴下もパジャマ代わりのTシャツもスウェットも下着も、ぜんぶピンクのまだらに染まってしまっている。満希が出した新品の赤いパーカーのせいだ。

中でもいちばん被害が目立っているのが、啓吾がいま手にしているワイシャツだった。しかもあれは、昨日おろしたばかりのセミオーダーの品だ。

いま思うと愚《おろ》かにもほどがあるけれど、啓吾が新品のワイシャツをおろすというから、こっそりおそろいのタイミングにしたくて満希は新品のパーカーを着たのだ。色落ちするなんて考えてもみなかった。これまできちんと分けて洗ってくれていた母親に甘えきっていた罰《ばつ》だ。

好きな人に絶対迷惑をかけたくなかったのに、こんなことになるなんて。

しょんぼりとうなだれていたら、ぽんと頭に何かがのった。あたたかなそれが、やさしく満希の髪を撫でる。

「顔あげて、みつくん。怒ってないし」

「……」

「あげてくれなかったら怒る」

笑みを含んだ声音ではあったものの、慌てて顔をあげる。啓吾がにっこりして髪をぐしゃぐしゃと混ぜた。

「いつもうちのことをたくさん頑張ってくれてるのに、こんなことくらいで怒んないよ。そんな気にしないで」

「でも……、新品、でしたよね……」

「あー……まあね。でもまあ、カレーとかトマトソースがとんだのと大差ないし」

「でもそれ、もう着れないですよね……」

カレーやトマトソースは即クリーニングに出せばほぼ完璧《かんぺき》に落としてもらえるし、家で洗ってもそこそこ薄くなるから二度と着られないほどひどいことにはならない。しかし、全体にまだらに色移りしているワイシャツはもう駄目だ。仕事がらたくさんの人と会う啓吾は身なりに気を配っているし、これはもう現役引退以外の道はない。

彼もそこは否定せず、代わりに思いがけないことを言った。

「じゃあこれ、みつくんのパジャマにでもする？」

「え……」

「もったいなくて落ち込んでるんだったら、使ったらいいかなーって思ったんだけど。俺は寝るときまでワイシャツ着たくないけど、みつくんだったらゆるめに着られそうだし」

たしかに啓吾にはジャストサイズのワイシャツも、小柄な満希ならオーバーサイズになる。

色移りしていようがパジャマなら問題ないし、むしろ啓吾のシャツをもらえるのはうれしい。

「えと……、じゃあ、買います」

元はセミオーダーの品だ。せめて代金をと思って言ったのに、取りあってくれなかった。

「いいよ、着ないシャツをもらってもらうだけだし」

「でも、着れなくなったのは僕のせいですし……！ 弁償《べんしょう》したいです」

「ほんとにいいから。みつくん、学生さんだからそんなにお金に余裕ないでしょう？ バイトもしてないのに……」

「します！」

「え」

「これからバイトします！ それで弁償します！」

「いや、だからいいって……」

「気がすまないので！」

頑《かたく》なに言い張る満希に困り顔になっていた啓吾が、少し考えてから提案してきた。

「じゃあ、家事をバイト扱いにしようか」

「へ」

「ハウスキープも立派な仕事でしょ？ 俺はみつくんがたくさん家事を引き受けてくれてて助かってるから、何かお礼がしたいなってずっと思ってたんだ」

今後は給料を渡してお願いしようか、と言われたけれど、満希はかぶりを振る。

お礼なら週末のランチ付きご近所案内ツアーでもらっているし、啓吾のことだからハウスキーパーとして雇ったと言いながらもすべての家事を押しつけるような真似はきっとしない。

「それだと、啓吾さんだけただ働きになりそうだから駄目です」

「みつくん意外と頑固だね？」

苦笑混じりの評価にかあっと顔が熱くなる。

「……すみません。でも、ここは譲《ゆず》れません」

「はは、可愛い」

予想外の反応に目を丸くすると、咳ばらいをした啓吾が表情を改めた。

「ごめん、からかったわけじゃないから」

「……はい」

よくわからないけれど頷く。

「でも困ったな。このままじゃ堂々巡《めぐ》りになるし……。家事をポイント制にして、オーバーぶんに給料を発生させるのとかどう？」

これなら啓吾と満希の負担の差を給与にできる。

合理的なアイデアだけれど、もともと満希は家賃の負担を軽くしてもらったお礼も兼ねて多めに家事を引き受けたかったのだ。受け入れるのは図々しい気がして迷ってしまう。

「乗り気じゃないっぽいね？」

頑固な満希に怒ることなく、「なんでかな？」というやさしいトーンで聞いてくれる啓吾にこくりと頷く。

ハウスキーパーとして雇ってもらうのに抵抗してしまう、いちばんの理由を口にした。

「僕、本当はあんまり家事が得意じゃないんで……。また何か、失敗するかも」

「そのときはまた体で返してくれたらいいよ」

悪戯っぽいウインク付きで返されて、どぎまぎと目をそらす。

「でも、たくさん失敗したら返済が追いつかなくなりそうだし……」

「そしたらみつくん、ずっと俺のところにいないといけないねえ」

楽しげに笑ってそんなことを言う彼は本気じゃない。わかっていてもドキドキしてしまうからやめてほしい。

こっそり深呼吸して自分を落ち着かせ、満希は改めて断った。

「やっぱり、駄目です。そんな風に言われたらわざと失敗したくなるかもしれないし」

「え」

目を瞬いた彼に、自分が何を言ったかに気づいて動揺する。落ち着かせたつもりで全然落ち着いてなかった。うっかりにもほどがある爆弾発言だ。

「だだだって、啓吾さんのところにいたら普通に暮らしているだけでお給料が発生するんですよ？　そしたらずっと一緒にいたくなるっていうか、なんかほら、ヒモ？　的なポジションに満足しそうっていうか、ええと、なんか違うんですけど……っ」

あわあわしすぎて涙目で支離滅裂なことを口走りだした満希にやわらかく笑って、くしゃりと啓吾が頭を撫でる。

「うんうん、わかったわかった。落ち着いてみつくん」

（ううう、僕のダメ人間……！）

うまくごまかせたかどうかはわからないけれど、また啓吾に気を遣わせている。自分が恥ずかしくていたたまれない。

目を伏せて真っ赤になっていたら、啓吾が満希の髪を撫でながら、やさしい、笑みを含んだ声で新たな提案をくれた。

「じゃあさ、うちでバイトしてみない？」

「ですから家事は……」

「違う違う。俺の職場、宮永《みやなが》不動産」

目を瞬いた満希に、啓吾が聞いてくる。

「パソコン使える？　ワードとエクセル」

「一応……。基礎は学校で習ったので」

「猫平気？」

「好きです」

「じゃあ大丈夫じゃないかな。ちょうどバイトの募集かけるとこだったし、やってみない？」

数回まばたきをして、満希は勢いよく頷いた。

啓吾の職場でバイトができたら、ワイシャツを弁償する資金を貯《た》められるし、なにより仕事中の彼を見られる。しかも猫がいるなんて最高だ。実家を離れたことでもふもふの愛猫に会えないことだけがいまの生活の不満点だったのだから。

色むらのできたシャツは無事に（？）満希のパジャマになった。

さっそく入浴後に着てみたら、予想以上にぶかぶかで本当にちょっとしたパジャマワンピース状態だった。袖《そで》から指先が見えないし、肩のラインは落ちているし、裾《すそ》も腿《もも》の半ばまである。

（啓吾さん、こんなおっきいんだ……）

すっぽり抱きしめられているようでドキドキする。こんな気分で眠れるだろうか。

とはいえ、せっかくの彼の気遣いを無駄にはできない。ちゃんとパジャマとして活用しているのを見てもらおうとＬＤＫに行ったら、目を見開いた啓吾が口許を片手で覆《おお》った。

「啓吾さん？」

「……いや、なんかごめん」

「何がです？」

戸惑うのに彼は無言でかぶりを振るだけだ。大きく息をついて、彼がやっと口許を覆ってい

た手をはずした。

「念のために聞くけど、それ、下はいてるよね？」

「もちろんです」

ほら、と長いワイシャツの裾をめくって下の短パンを見せると、なぜか彼はちょっと慌てた様子で目をそらし、それから不自然な反応だったことに気づいたのか改めてこっちを見た。

「……いやあ、なんか、目の毒って感じ。みつくん、脚すごい綺麗だからさー」

「え……、そ、それはどうもです……」

どぎまぎと裾を戻す。思いがけずに褒めてもらって落ち着かない。というか、いまさらのように恥ずかしくなってきた。

（あれかな、これがチラリズムの効果ってやつかな）

堂々とTシャツに短パンでいるより、はいているかはいていないかわからない感じ、そこからのチラ見せがそそるのだろうか。

今後の参考にしよう、と内心でメモをとったものの、どこで活用したらいいかわからないメモだった。

数日後、大学帰りの満希は履歴書を手に宮永不動産を訪れていた。啓吾に勧められたアルバイトの面接のためだ。

「オッケー、採用」

応接コーナーでいくつか質問するなり、あっさり採用決定したのは宮永不動産のやり手社長の千佳子《ちかこ》だ。鮮やかな赤い唇でにっと笑い、綺麗にネイルを施《ほどこ》した手で握手を求める。

力強い握手に圧倒されながらも、満希は昔から知っている「千佳子おばちゃん」に戸惑いの目を向けた。

「本当にいいんですか……？」

「だってみっちゃんだもの。羽野《はの》ちゃんが育てた子で、同居中の啓吾のお墨付《すみつ》きで、こうやって話してみてもちゃんとしてるのに、ダメっていう理由ないわよ。オリオンからのＯＫも出てるしね」

ねえ、と話しかけられて、ふぁさりとふさふさのしっぽで返事をしたのは、千佳子に勧められたソファに座るなり我が物顔で満希の膝にのってきたもっふもふの大きなお猫さまだ。

とろけるふわふわの長めの被毛《ひもう》はやわらかな白とエレガントな淡いマロングレー、瞳は宝石のセラフィナイトを思わせる美しく神秘的な青色。

おとなしく人なつこい種で知られるラグドールが明らかにルーツにある元保護猫の彼は、宮永不動産の看板猫で名をオリオンという。

面接の間中オリオンは膝の上でごろごろ喉を鳴らしてＢＧＭを奏《かな》でていたのだけれど、これも千佳子には大事な判断要素だった。「これからうちで働いてもらうのにオリオンを邪魔扱いする人や、オリオンがなつかない人とはうまくやっていけないもの」とのこと。

「学生の本分は勉強だから」という千佳子のもと、平日に二〜三時間、事務所でアシスタントをすることになった。書類の整理とファイリング、データ入力、掃除、買い出し、郵便物の仕分けと投函《とうかん》、来客へのお茶出し、オリオンのお世話などが通常業務で、土日に物件の片付けや掃除をするときは別途特別手当が出る。高校まではアルバイト禁止だったから、初めての「仕事」だ。

さっそく段ボール箱いっぱいの書類の仕分けを言いつかり、満希は邪魔が入らない会議室を借りて作業を始めた。こういう内職的な仕事は嫌いじゃない。

呼ばれたらすぐに気づけるようにスライドドアを少し開けておいたら、ときおり隙間からオリオンが顔をのぞかせた。「うむ、ちゃんとやってるようだにゃ」と確認しては去ってゆく、可愛すぎる監督だ。

監督のチェックも数回目になったとき、優雅なるもふもふの君が何かを咥《くわ》えてきた。

立って作業している満希の足許にもふりとくっつき、宝石のようにきらめく青藍の瞳でじっと見上げてくる。

「なんでしょう、オリオンさん」

手を止めずに聞いてみたら、何か言いたげに首をちょっと伸ばした。「手を出すのにゃ」、の指示に満希はしゃがむ。

「見せてくれるんですか？」

手のひらを差し出すと、ぽふんとそこにカラフルな獲物をのせてくれた。ピンクと水色の縞模様の丸っこいそれは、ラブリーなネズミのぬいぐるみだ。チリン、と音がしたのはしっぽの先に花と小さな鈴が付いているから。

「わあ、可愛い……ぅわっ」

いきなりぶるぶる震えだしたそれをとっさに放り出してしまった。宙を舞ったチュー太郎は壁にぶつかって床に落ちてもなお、ぶるぶるしている。

「え、ちょ……なに……⁉︎」

激しく鼓動する心臓を抑えるように胸に手を当て、困惑と恐怖の入り混じった顔でおもちゃを凝視《ぎょうし》してしまう。

どうやらヤツは、レトロ可愛いビジュアルを裏切ってなんらかのメカ内蔵だ。タイマー仕掛けなのか、温感センサーなのか、どこかにスイッチがあるのかはわからないが、不意打ちにもほどがある。

チュー太郎の元に、ふっさあぁと豊かなしっぽを振ってオリオンが優雅な足取りで向かった。ぶるぶるしているカラフルネズミをそっと前足で押さえつけて、満希を見る。——あれは間違いなくドヤ顔だ。

「……オリオンさん、新人イビリですか」

ため息混じりで問いただしたら、背後で噴き出す気配がした。やわらかな低い声が答える。

「違うよ、オリオンは気に入った子に『これすごいでしょ』って見せてあげたがるだけ」

「！」

満希が面接に来たときには外回り中だった啓吾だ。どこから見ていたのだろう。というか、聞かれていたのだろう。くすくす笑いながら啓吾が会議室に入ってくる。

「みつくん、オリオンに敬語なんだ？」

「……一応、ここでは先輩なので」

「なるほど」

からかわれはしなかったけれど、切れ長の瞳は笑みを湛《たた》えてきらめいている。

「あの、何か用事ですか」

「うん。ちょっと休憩《きゅうけい》しよう？　みんなに差し入れ買ってきたから。オリオンもおいで」

呼ばれたもふもふは素直に啓吾に従う。チュー太郎を咥えたまま、「ほら、早くするにゃ」と言いたげに満希を視線で促した。見事な先輩面《づら》だ。

休憩室のテーブルに広げられていた差し入れは、オーガニックカフェで買ってきたというマフィンだった。オリオン用もちゃんとあるのが啓吾らしい。

「みつくん、どれがいい？　甘いのがいいならこっちの箱がおすすめ」

「あ、はい。ありがとうございます」

どれもおいしそうで目移りしながらも、ダークチェリーとホワイトチョコのマフィンを選ぶ。啓吾はほうれん草とチーズのマフィンだ。

「おかず系ですね」

「そっちのが合うからね」

にっこりした彼に、まさか……とおののいた目を向けたら、そのまさかだった。休憩室に集まっていたほかの社員の面々もどよめく。

「うわー、社長、専務がまたソースを……！」

「もうあきらめてるわ。もしかしたらこの子、母乳代わりにソースを飲んで大きくなったのかもしれないって最近思ってるの」

「育てたの社長でしょ」

周りのブーイングやからかいを「はいはい、なんとでも言ってください」と流して、啓吾は休憩室の冷蔵庫からお好み焼きソースを取り出してためらいもなくマフィンにかける。女性たちの半分冷やかしめいた悲鳴があがった。

「専務、長身イケメンだしやさしいし仕事できるしで欠点ないのに、それだけは無理だわー！」

「せっかく作ったのになんでもソース味にされるの、嫌ですよね～」

「羽野くん、専務といまルームシェアしてるんでしょ？　食事のとき大丈夫？」

「あ、は、はい」

啓吾のソースネタがきっかけになって満希も雑談の仲間にあっさり入れたけれど、みんなの話を聞いているうちに反論したくなってきた。

たしかに満希も初めて啓吾がポテトサラダにソースをかけるのを見たときにはぎょっとしたし、その後もたびたび「そんなものにソースを……!?」と驚いているけれど、数ヵ月一緒に暮らしてみてわかったのだ。

啓吾は決して味オンチじゃない。

ソースをこよなく愛してはいるものの、かけるものの味によってウスター、中濃、とんかつ、お好み焼き用などを使い分けているし、合わないものにはかけない。

ほかに欠点がない彼の愛すべき駄目ポイントとしてみんながからかっているのだとわかっていても、何も言い返さない啓吾をかばってやりたくなった。でも、初日から生意気だと思われるのも……とためらっていたら、満希の視線を感じたのか啓吾が眉を上げた。

「なに、みつくんも食べてみたい?」

にやっと笑って示されたのは食べかけのマフィン、もちろんソースがけだ。

いつもなら遠慮するところだけれど、思いきって頷いた。「えーっ」と周りでどよめきが起こり、聞いた本人も意外そうな顔になったものの、「これでよければどうぞ」と渡される。

彼が直接口をつけたものだと思うとドキドキしてしまうけれど、みんなが見守っている手前、平気なふりでひとくちかじった。

「…………あれ？　おいしいです」

「でしょ」

にっこりする啓吾に、周りは「うそー？」「気を遣わなくていいんだよ、羽野くん！」「本当においしいかやってみる？」など反応はさまざまだ。

「えっと、ほんとに、おいしいです。野菜系だからかな」

「そうそう。マフィンだと思うから拒否反応を起こしてるだけで、ほうれん草とチーズをバター多めの生地で焼いたお好み焼きだと思えばいいんだって」

その言い草はマフィンもお好み焼きも嫌がりそうだけれど、新たな食べ物としてこれはこれでアリだった。

（ポテトサラダも、考えてみたら衣のないコロッケみたいなもんだしなあ）

コロッケのポテトがソースと相性抜群《ばつぐん》なら、ポテトサラダのポテトだってアウトなわけがない。なのに、初めて見る食べ方に驚いて反射的に変だと思っていた。口に出さなかったのは我ながらギリギリの良識だった。

こういうのは、食べ物以外でもよくあることかもしれない。

慣れないから「変」だと感じて、排除しようとする。ちゃんと知ろうともせずに、自分の知っている世界だけが正しいと信じて。

それはとても狭《せま》くて、危険な感覚だ。

（気をつけよ……）

ちょうど大学でとっている一般教養の講義で差別と偏見《へんけん》のメカニズムについて学んだばかりだったからこそ、満希は素直に自戒《じかい》する。

「でも、やっぱり僕はそのままのが好きです」

「え、そう？　物足りなくない？」

「全然。啓吾さん、何にでもソースかけるから濃い味に慣れすぎてるんじゃないですか」

「ああ、それはあるかも」

「塩分のとりすぎに気をつけてくださいね」

こんなこと言ったら口うるさいかも、と思いながらも心配で言うと、新たなマフィンにソースのボトルを傾けようとしていた彼が手を止めた。

「そんな顔で言われたらスルーできないなー」

そんな顔、と言われても自分ではわからない。気になって頬に手を当てる満希にくすりと笑って、啓吾はトマトとバジルのマフィンをそのままかじった。「やっぱりソースが合うなあ」とふたくちめにはソースがけにしたものの、量は若干控えめだ。

この日から、啓吾がソースをかけるときに満希もちょっとだけ試してみるようになった。

「みつくんがソース仲間に……！」

「なってません」

ぬか喜びさせたらいけないので否定すると、「ええ〜、つれない……」と口では寂しかりながらも笑っている。満希がトライする、ということ自体がうれしいらしい。

そして、代わりのように啓吾も満希が「そのままのがおいしい」という品はそのまま食べてみるようになった。「ふむ……、これはこれで」と言いつつ、味に飽《あ》きるのか途中でソース投入されるけれど。

それでも、啓吾の気持ちがちょっとわかった。自分の意見を気にして、トライしてくれるのはうれしいものなのだ。

それは味覚だけじゃなく、あらゆる面で同じだ。

お互いの意見を聞き、自分と違っているからといって変えようとせずに受け入れて尊重することで、一緒にいるのが楽になってくるし、だんだん馴染みあってゆく。変えようとしなくても変わる。自分も、相手も。


宮永不動産でのバイトにすっかり慣れた七月半ば、大学の前期講義および試験が終わり、満希は夏休みに入った。

これからは毎日がっつりバイトに入れます、と言ったら、「じゃあ、いっぱい稼《かせ》いじゃう？」とにんまりした千佳子に勧められ、初めての社外作業にトライすることになった。ちなみに勤労する息子とは対照的に、実家の両親は「やっと子どもたちも手を離れたことだし」と昨日からハワイ旅行に行っていたりする。気温は同じくらいだとしても快適度は大違いだ。

「うわ、廊下の傷《いた》みすごいな。みつくん、そこ気をつけて」

むわっとした空気がこもっている玄関で室内履き用のスニーカーに履き替えて、マスクをした満希は啓吾が注意を促してくれたところを避けながら奥へと進む。

築年数もわからない木造二階建ての庭つき一軒家は、ここ何年も誰も住んでおらず、空き家のまま放置されていたのがわかる惨状だ。元の住人が亡くなったあと、遠方に住む親戚《しんせき》が必要最小限の始末だけをして放置してきた。資産価値が低い物件ならば税金もそう高くないせいか、ずるずると放置されてしまう空き家はいまや社会問題にもなっている。

しかし、見て見ぬふりをしていたところでいつかは対処しないといけない。そのことに持ち主が気づいて重い腰を上げるのはいいものの、往々にして面倒ごとを他人任せにしたがる。

「そこまでうちの仕事じゃありません」ということも多々あるが、ものぐさなお客様は往々にして横暴様だ。クレーマーになったりトラブルになったりするのがわかっているからこそ、敏腕社長の千佳子は「仕事」として細かく値段を決めて追加オプション扱いにしている。ルールを決めておくと最終的に裁判沙汰《ざた》になったとしても有利に戦えるし、「仕事」として受ければ社員に負担をかけたぶんを還元できるからだ。

ということで、本日の業務は特別手当がつく「放置物件の現状チェック」だ。

啓吾が写真を撮りながら口頭で状態の説明をし、それを満希がメモする。この写真とメモを元に報告書を作成して権利者に送付し、今後の方針を決める。

(物件の掃除やトラブルの仲裁もあるし、不動産屋さんって大変な仕事だなあ……)

人生と住まいは切っても切れない関係にある。そして人生は一人ひとりまったく違う個性的なもので、住まいを求めて、もしくは手放すためにやってくる人々を通じて満希はたくさんの人生を少しだけ見せてもらっている。

アルバイトを始めてから視野が少しずつ広がっているのを感じていて、大変だけどおもしろくて楽しい。

(啓吾さんの柔軟性とコミュ力の高さって、もともとの素質プラス仕事で鍛《きた》えられて無敵になったんだろうな)

バイトをがんばったら自分も少しは近づけるだろうか。コミュ強だったら啓吾に対して最初から挙動不審にならずにすんだはずだし、柔軟性があれば恋心を隠すのも上手にできそうだ。

二時間近くかけて一階がやっと終わり、蒸し暑い中の作業で汗だくになりながら二階へと向かった。ぎし、ぎし、ときしんだ音をたてるほこりをかぶった階段を上がり、半ば物置と化している部屋をチェックする。

「ベランダに何かありますね」

「鉢植えみたいだね」

空気の入れ替えも兼ねて、軍手をした手で啓吾がガタつく引き戸を開けた。

ずっと放置されていたにもかかわらず枯れていなかった鉢植えは、クラッスラ——別名カネノナルキという多肉植物だった。その羽振りのいい名前と丈夫さからかつてブームがあったそうで、不動産業者として啓吾はかなりの頻度《ひんど》で目にしているとのこと。

ベランダは鉄部分がサビだらけで、ところどころ元の色がわからないくらいに焦げ茶色に腐食していた。

「鉢植え、中に入れといた方がいいかなあ……」

「あ、じゃあ僕やります」

写真を撮りながらの思案げな呟きが聞こえて、ベランダの近くにいた満希はためらいもなくサッシをまたいで外に出た。直後、みしり、と嫌な音が響く。

「みつくん……っ！」

ぎょっとした顔で啓吾が片手を伸ばしたのと、重力がなくなったのは同時だった。伸ばされているはずの手が遠くなる。エレベーターで降下しているときよりも心許《もと》ない浮遊感。

青ざめている啓吾の顔。叫んでいる声。よく晴れた夏空。錆びたベランダのかけら。視界の端に映る褪《あ》せたグリーンの葉。

——ベランダごと落ちてる。

自覚した一瞬後には強い衝撃を感じ、満希の意識は途切れた。

【4】

目が覚めたら全身が痛かった。

骨折などではなく、全身筋肉痛、といった感じだ。でも、どうして痛いのか、そもそも自分がどこにいるのか、まったくわからない。

清潔な白い部屋、シーツ、ベッド。どうやらここは病院らしい……と理解はしたものの、やっぱり何がどうなっているのかわからない。

困惑していたら看護師が現れて疑問を解いてくれたけれど、本来わかっているはずのことさえわかっていない満希《みつき》に気づいた看護師がすぐにドクターに知らせ、問診と検査の結果、もっと困惑することを告げられた。

いや、困惑なんて生やさしいものじゃない。

呆然自失、戸惑い、恐ろしいほどの不安。

満希は、自分に関する記憶をまるごと失っていたのだ。

記憶喪失《そうしつ》——医学用語で健忘症という症状には、案外簡単になってしまうものらしい。短期的なものなら深酒によるものも含む。

その詳しいメカニズムはまだ解明されていないものの、多くの場合は脳に強い衝撃が加わった場合や心理抑圧によって起こるといわれている。

数時間から数日で自然に記憶が戻ることもあれば、カウンセリングを受けていても何年も戻らないこともある。記憶喪失状態になっていた時期の記憶は、失っていた記憶を取り戻したときには忘れていることが多いけれど、そのまま保持されることもある。

要するに、「記憶を失った」という診断ができる以外は、治療法も予後もはっきり断定できないものなのだ。

そんなあやふやな症状を、自分のことさえ自分でわからないまま満希は受け止めなければいけなかった。

医師と看護師から丁寧な説明を受けてもすぐにはのみこめない。理解しようとするのに、混乱と不安、動揺が大きすぎてこれからどうしたらいいのか、どうしたいかがまったくわからなかった。自分の名前さえ、「あなたは羽野《はの》満希さんという名前なんですよ」と教えられたものを信じるしかないのだ。

十八歳、大学生。不動産屋でアルバイトをしていて、その仕事中に金属部分が腐食して弱っていたベランダごと落ちて頭を打ち、記憶喪失になった。両親は折悪《おりあ》しく昨日からハワイ旅行中で、連絡をとってくれた知人男性が「保護者代わり」として待合室にいる。

その説明が本当か嘘かもいまの満希にはわからない。

「保護者代わりの方が面会したがっていますが、会えそうですか？」

気遣わしげに看護師に聞かれても、どう答えたらいいかわからなかった。会うのは怖いような気がしたけれど、自分のことを知っている人と会って話を聞いた方がいい気もする。

不安をのみこんで頷いたら、間もなく病室に背の高い、端整な顔立ちの男性が看護師に連れられてやってきた。

その姿を見た瞬間、言い知れぬ安堵《あんど》に襲われると同時に胸が苦しいほど高鳴る。

「みつくん……！」

満希と目が合った彼がほとんど駆け寄る勢いでベッドサイドにきた。間近にきた彼に動悸《どうき》がますますひどくなる。

「よかった、ほんとに……、ほんとに……」

声を詰まらせる彼の綺麗な切れ長の瞳は安堵のあまりかうっすら潤《うる》んでいる。

一瞬、その瞳が大きく見開かれている映像がフラッシュバックした。――焦った様子で叫ぶ彼。名を呼んでいる。伸ばされた手。浮遊感。

「……一緒に、いました？　僕が落ちたときに……」

ぽつりと漏れた言葉に、はっと彼が息を呑む。すぐにこくこくと頷いた。

「いた、いたよ！　俺といるときにベランダごと落ちたんだけど、思い出した？」

自分でもわからずに満希は首をかしげ、もっと記憶を手繰《たぐ》ろうとする。けれども、ふっつりと映像は見えなくなった。さっき一瞬見えたもの以外は白い靄《もや》に覆われていて、目の前の彼の名前すらわからない。

がっかりして眉を下げてしまったものの、看護師に「一部とはいえこんなにすぐに思い出せたのなら、記憶が戻ってくるのも早いかもしれませんね」と言ってもらえて今後の不安が少しやわらぐ。

「記憶が刺激されるかもしれませんし、二人で話してみますか？」と提案され、満希は見知らぬ「保護者代わり」の男性と病室で二人きりになった。

「……あの、お名前を聞いても……？」

どう呼びかけたらいいかわからなくて切り出したら、はっと息を呑んだ彼の顔にショックと悲しみが同時に浮かんだ。傷つけてしまったことが申し訳なくて満希はおろおろと謝る。

「す、すみません、忘れてしまって……」

「……いや、こっちこそごめん。わかっていたつもりでわかってなかったよ。みつくんの方がショックだよね」

満希を安心させるように少し無理して浮かべられた微笑み、気遣いに満ちた低い声のやさしさに、とくん、と胸が鳴る。

名前すらわからないのに、このひとは自分にとって特別だ、と直感した。

（でも、男の人なのに……？）

内心で動揺している満希に、彼が名乗った。

「俺は宮永啓吾《みやながけいご》。みつくんの……って、みつくんって呼んでも大丈夫？　嫌じゃない？」

「だ、大丈夫です。嫌じゃないです」

見知らぬ男に親しげに呼ばれたら嫌なのでは、と気遣ってくれるところがやっぱり素敵だ、と出会って数分にもならないのにまた胸が鳴る。

「俺はみつくんのバイト先、宮永不動産の社員で、みつくんとは今年の四月からルームシェアしています。二十八歳、独身です」

一度にたくさんの情報がきた。独身部分でほっとしたのはさておき、気になったのはほかの部分だ。両親が旅行中だから彼が保護者代わりとしてこの場にいると聞いたものの、予想以上に親密な気配がする。

「えっと……、僕、ルームシェアしてるんですか？　啓吾さん……と？」

「うん」

にっこりした彼に心臓が跳ねた。どうしてそんなにいい笑顔に……と思っていたら、さっき戸惑いながらも使った満希の呼び方に起因していた。

「みつくん、俺のこと『啓吾さん』って呼んでくれてたんだよ。忘れてても完全に忘れられてなかった感じで、うれしいなあ」

「宮永さん」って呼ばれたらちょっとショックだったかも、と悪戯っぽく、けれどもけっこう本気の口調で言う彼に満希は目を瞬く。

そういえば満希にとって彼は記憶のうえでは初対面、しかも年上だから、普通なら「宮永さん」と呼ぶところだ。それを無意識に下の名前で呼んだということは、よほど口に馴染みがあるということじゃないだろうか。

下の名で親しげに呼びあうのに慣れていて、ルームシェアしていて、彼の姿を見た瞬間から胸がときめいている。

啓吾と会う前に看護師から返され、自分のことを知るために見ていたスマートフォンの中身を思い出したら、鼓動がだんだん速くなってきた。

期待するみたいに。少し不安はあるのに、それ以上に喜ぶみたいに。

「あ、あの……っ」

「ん？」

「変なこと聞いてもいいですか」

「うん？　いいよ、なんでもどうぞ」

突然の確認に眉を上げたものの、やさしい声で促《うなが》す彼に背中を押される。

ドキドキしすぎて鼓動に合わせて体が震えているような気分になりながらも、思いきって満希は啓吾が病室に現れた瞬間から感じていた気持ちを口にした。

「啓吾さんと僕って、恋人同士だったりします……？」

「え」

目を見開いた啓吾の反応は、明らかに意表を突かれた人のものだ。

間違えた。早とちりした。勘違いした。

どっと羞恥に襲われて、真っ赤になって満希は必死で前言のフォローを図った。

「す、すみません、違いますよね！　なんか、ちょっとそうなのかなって思っちゃって、聞かなければいいのについ……っ！　ほんとすみません！」

「あ、えっと待って待ってみつくん。謝らなくていいから、ちょっと落ち着いて。一回深呼吸してみよっか」

はい、いち、にの、吸ってー、吐いてー、という号令に従うと、本当に少し落ち着いてきた。

「……なんでそう思ったの？」

確認する彼の口調は穏やかだ。ドン引きしているわけでも、不快そうなわけでも、からかっているわけでもない。

その態度に勇気を得て、おずおずと満希は答える。

啓吾が病室に入ってきたらすごくほっとしたこと。それなのに近くにいるとドキドキしてしまうこと。スマホをチェックしたら啓吾との親しげなやりとりがいちばん多くて、写真のデータも啓吾ばかりだったこと。そのうえ一緒に住んでいたというから、もしかして……と思ってしまったのだ、と。

聞きながら啓吾が片手で口許を覆う。

「あの……？」

「ん、いや……ごめん。なんかちょっと、見せられない顔になりそうで」

謎めいた発言に戸惑う満希に、啓吾がこほんと咳ばらいをしてから向き直った。

「スマホ、俺も見ていい？」

「はい……」

渡したら、啓吾は写真データを確認して「ああ……、会社でホームページ用に撮《と》られたやつか。みつくん、わざわざもらってくれたんだ」なんてどこかうれしそうに呟いている。

ひととおりチェックした啓吾が、少し考え込むように黙りこんだ。

「……みつくん、俺が男なのは気にならなかった？」

「え」

「恋人同士だとして、俺たち、男同士でしょう。そこは引っかからなかった？」

確認にはっとする。

「そ、そうですよね、普通は男同士でそんなこと考えないですよね……！　すみません、変なこと言って……っ」

「ああ、違うって、そうじゃなくて。……男同士だけど、俺が恋人でもみつくんは嫌じゃないの？　ってことなんだけど」

真剣な眼差《まなざ》しで問う啓吾の口ぶりは、さっきの満希の確認が勘違いじゃなかったように聞こえる。見つめてくる瞳もどこか祈るようで、満希はごまかすこともできずにドキドキしながら頷いた。

「……はい。あの、たぶん、うれしい、です……」

顔が熱くなるのを感じながらも思いきって本心を小さな声で告げると、大きくため息をついた彼がまた顔を覆った。

「あーもうみつくん、その可愛さどこに隠してたの……いや、そっけないふりしながらわかりやすいのもめちゃくちゃ可愛かったけどね……!?」

ぶつぶつ言い出した啓吾に戸惑うと、もう一度大きく息をついた彼が顔を上げる。

「ごめん、もう落ち着いた。ていうか腹が決まった」

目を瞬く満希に向き直って、視線を合わせた彼がはっきりと言った。

「俺はみつくんが好きだよ。めちゃくちゃ可愛いと思ってるし、一緒に暮らせてうれしい」

「えっと……、やっぱり、恋人ってこと……ですか？」

「みつくんが受け入れてくれるなら、これからそう扱うけど。……いいの？」

確認は、記憶がない自分のためだろうと満希は思う。いきなり「恋人だ」と同性に言われても普通は受け入れられない。

でも、満希はうれしかった。自然に顔をほころばせて頷く。

「いいです。ていうか、僕の勘違いじゃなくてよかったです。……わからないことばっかりで怖いけど、啓吾さんだけは、安心だから……」

「……そっか」

微笑んだ啓吾の表情にどことなく複雑な色がよぎる。けれどもそれはすぐに消えて、彼が手のひらを上にして満希に差し出した。

何を求められているかわからないながらも、なんとなくお手をするように大きな手の上に自分の手をのせる。と、正解だったようで啓吾がにっこりして、もう片方の手でぽんぽんと満希の手をなだめるように軽くたたいた。

「みつくんのことは俺が守るよ。知りたいことはなんでも聞いてくれたらいいし、やりたいことはぜんぶサポートする。だから、何も怖がらなくていいからね」

「は、はい……。ありがとうございます」

「お礼なんていいよ。俺がしたくてすることだから」

「うわあ格好いい……」

「え」

「あっ、すみません、口に出すつもりは……っ」

取られていない方の手で慌てて口を押さえると、目を丸くした彼が破顔する。

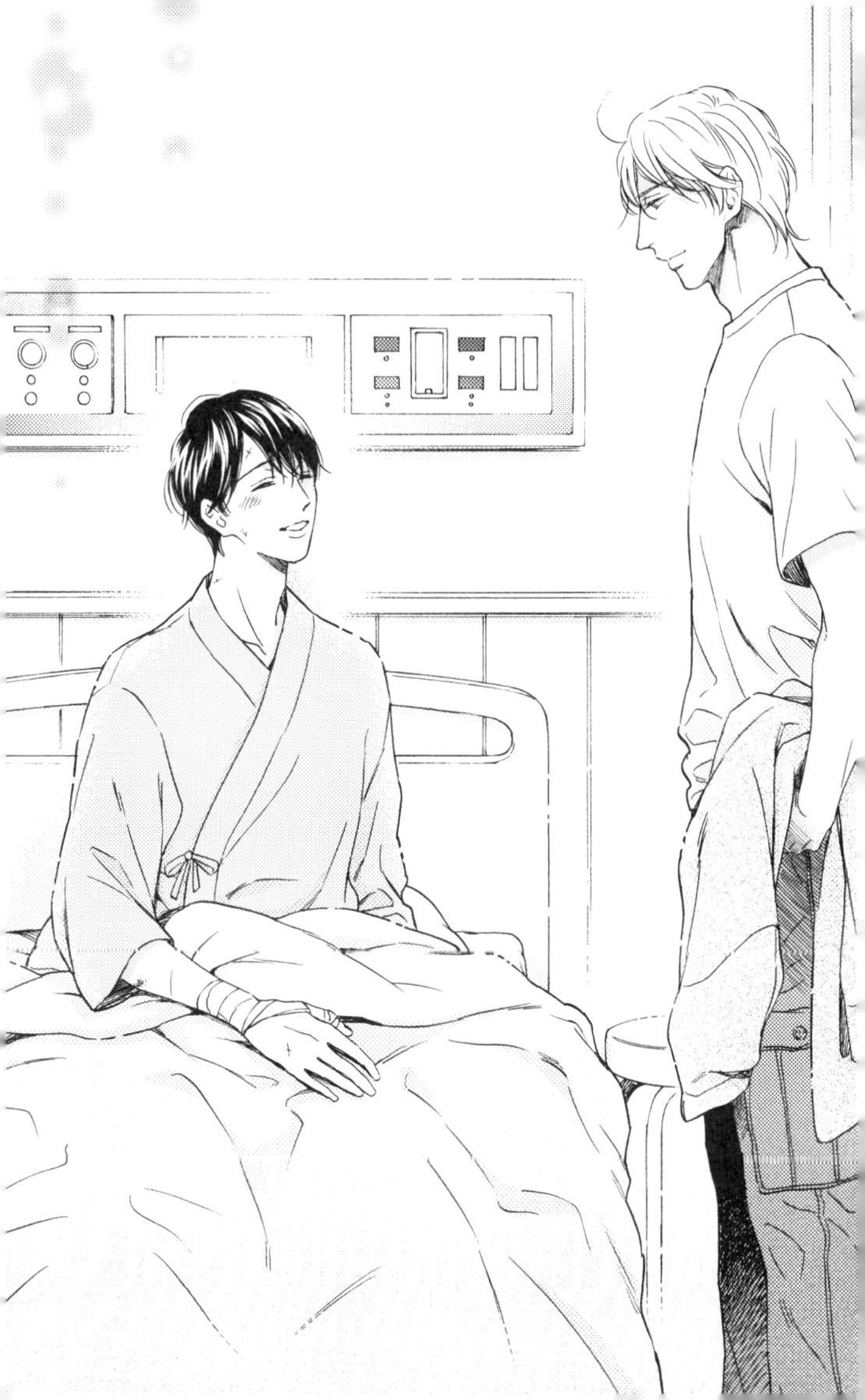

「いや、ストレートに褒めてもらえてうれしかったよ。ますますやる気が出た」

ぎゅっとエネルギーを分けるみたいに満希の手を両手で包んで、啓吾が表情を改める。

「記憶喪失なんてすごく不安だと思うけど、みつくんには俺がいるから。恋人なんだから遠慮したら駄目だよ？　怖いことや不安なことはぜんぶ俺に言って、好きなだけ甘えて、ワガママ言って。なんでも頼ってくれていいから」

そこまで言ってもらえたのは、自分のことすら心許ないいまの満希には本当に心強かった。だからこそ彼と離れるのが不安で、面会時間の終わりを看護師に知らされた啓吾が立ち上がったときに思わず縋るような目を向けてしまった。

気づいた啓吾が安心させるように微笑んで、さっそくドクターに相談してくれる。「一晩は入院してもらって様子をみたいけどねえ……」とドクターは少し考え込んだものの、啓吾の家が病院に近いというのが幸いしてその日のうちに退院できることになった。

「あ、そうだ。みつくんのご両親に連絡しとかないと」

病院を出た啓吾がスマホを取り出したのを、満希はためらいがちに止めた。

「あの、いま、旅行中なんですよね？　邪魔するのも申し訳ないですし、先生はすぐに記憶が戻るかもって言ってたので……無事だったって伝えてもらってもいいですか？」

数回目を瞬《しばた》いて、ふ、と啓吾が笑う。

「記憶をなくしてもみつくんはやさしいねえ。……うん、そうだね。ご両親としては息子の一大事は知りたいだろうけど、いまのみつくんにとっては人と会うこと自体がストレスになりそうだしね」

覚えていないことで相手を傷つけるのがつらい、という心境まで察してくれる彼はすごい。

しばらくは様子見ということで、家族には記憶喪失について伏せてもらうことになった。

ちなみに荒れ放題の庭の草木がクッションになったおかげで、あちこちに打撲と擦過傷《さっかしょう》はあっても満希の体は無事だった。記憶喪失を除くいちばんの負傷は、右手親指の突き指くらいだ。

しかし利き手、それも支点になる親指が使えないというのは予想以上に大変だった。

ドアを開けたり、シートベルトをしたりというごく普通の動作でさえ、うっかり親指を使っては「痛い……」と顔をしかめる羽目になる。

「遠慮なく甘えてってば」

一人で何かしようとしては悶絶しかける満希に啓吾は苦笑して、家に帰るまでの間に完全に付きっきりで面倒をみてくれるようになった。

車のドアを開けてくれ、シートベルトの着脱をしてくれ、玄関ドアを開けて「どうぞ」と促される。至れり尽くせり、王族のような扱いが面映《おもは》ゆい。

まったく記憶にないせいで家の広さに改めて感心している満希に、啓吾は各部屋と共用の場所の使い方を教えてくれた。夜も遅くなってしまったので夕飯は出前をとる。

満希のリクエストでピザになったのだけれど、右手の包帯が汚れないように左手で食べていたら啓吾が残念そうなため息をついた。

「ピザ、好きじゃなかったですか？」

「好きだよ。でも、せっかく食べさせてあげようと思ってたのにみつくんが意外と上手に左で食べてるからさー」

「すみません……？」

困惑しながらも謝ると、啓吾が噴き出した。

「いえいえ。ていうかいまの、謝るとこじゃなかったよ。俺のワガママじゃん」

「わがまま……」

「そう。俺がみつくんを甘やかしたいだけ」

にっこりして言ってのける彼に鼓動が乱れてしまう。恋人なら普通の発言かもしれないのに、なんだかめちゃくちゃドキドキする。

「啓吾さん、前からそんな感じだったんですか？」

「……ん？　なんで？」

「そんなに甘やかされてたら、僕、すごく駄目な人間になってたんじゃないかなあって」

本気でそう思うのに、彼は笑ってかぶりを振った。

「みつくんは頑張りやさんでめちゃくちゃいい子だよ。もっと甘えてくれてもいいのにって思うくらいだったけど、一生懸命な姿がまた可愛くてねえ……」

しみじみとした口調に『以前の満希』への愛情が溢れていて、自分のことだとわかっているのに胸の中がもやもやして無意識に唇がとがる。気づいた啓吾が目を瞬いて、病室のときと同じように口許を片手で覆った。

「……やばい、ジェラシーみつくん可愛すぎる……」

「や、妬《や》いてなんかいません！　僕のことだってわかってますし……っ」

「うん、みつくんのことだよ。そんな色っぽい唇にならなくても大丈夫だからね」

にっこりして言われて、慌てて唇の形を変える。笑う啓吾に恥ずかしさと恨《うら》みがましさが半々の目を向けて、満希は残りのピザにかぶりついた。

食後、お風呂に入る段になって事件は起きた。

「ひ、一人で、大丈夫ですし……っ」

「大丈夫に見えないから手伝うつもりなんだけど？　だってみつくん、シャツのボタンもうまくはずせないでしょ」

「いや、でも、あの……っ」

「そんなに恥ずかしがられたら俺までドキドキしちゃうなあ」

にやっと笑って言われて、満希は口を閉じる。

（啓吾さんは僕の恋人って言ってたし……、そもそも男同士だし、服を脱がせてもらうくらい

で意識しすぎる方がきっと変だよね）

内心で自分に言い聞かせるものの、この年にして服のボタンをはずしてもらうのはめちゃくちゃ恥ずかしい。しかも、「はい、ばんざーい」なんて脱ぐ手伝いまでされるなんて。

とはいえ、啓吾の態度に欲はなく、さながら小さな子どもを相手にしているみたいだ。

そう思ったら、ちくり、と胸が痛んで、満希は首をかしげる。いまのはかすかな記憶から生じた痛みのような気がしたけれど、自分のことも覚えていない満希にはよくわからない。

そうこうしているうちにパンイチにされてしまった。

「あの……、啓吾さんにとっては当たり前かもしれませんけど、僕には覚えが全然ないので、これまで脱がされるのはさすがに……」

「ああ、そうだよね。ていうか、俺にとっても当たり前じゃないからね」

「そうなんですか？」

「そうなんです。みつくんとはまだ清い関係だったからね」

「そのわりに、ぽいぽい脱がされた気がするんですけど……」

「そりゃあね。意識したら勃《た》っちゃうじゃん」

「……っ」

ダイレクトな言い方にかあっと顔に血が上《のぼ》り、全身もふわりと染まる。んん、とうなって啓吾が目を閉じた。

「意識させたら駄目だって。お風呂の手伝いをしてあげたいだけなんだから」

「す、すみません」

「いや、ほんとは勝手に意識する俺が悪いんだけどね。はー……、みっくんのヌードが堪能《たんのう》できるのは幸せなのに、生殺しという地獄《じごく》……」

「あの、ですからお風呂には一人で……」

「そういうわけにもね。サポートするって約束したでしょう」

目を開けて言いきった啓吾は、満希にタオルを渡して恥ずかしいならそれで隠していいよ、なんて言う。許可の形で下着を脱ぐことを指示されてしまった。

ためらったものの、啓吾の意志は固そうだし、右手の親指は包帯でぐるぐる巻きにされていて髪や体を洗うのが大変なのはたしかだ。

記憶喪失になっているうえに利き手が不自由になっている満希の面倒をみるのは大変なのが明らかなのに、啓吾は恋人だからと文句ひとつ言わずに積極的にかかわってくれている。そんな彼にごちゃごちゃ言ってこれ以上の手間をかけるよりは素直に従おう、と心に決めた。

啓吾が背中を向けてくれている間に最後の一枚を脱いで、タオルを腰に巻く。

「準備、できました……」

「ん、じゃあ入浴介助させていただきます」

あえてヘルパー風の言い方をしたであろう彼に、「よろしくお願いします」と頭を下げるとため息をつかれた。

何かおかしかっただろうかと不安になったのに、しみじみと予想外のことを呟かれる。

「みつくんが可愛くて困る……」

じわりと全身が照れで染まった。彼はよほど記憶を失う前の満希とラブラブだったのだろうか。そして、元の自分はこの「可愛い」攻撃を受け流せていたのだろうか。だとしたらすごい。いまの満希はいちいちドキドキしてしまうのに。

「……啓吾さん、可愛いって言いすぎです」

「うん、前も同じこと言われた」

悪びれもせずににっこりした彼が、鼻歌混じりで服を脱ぎだす。

「なっ、なんで脱ぐんですか……⁉」

「え？　入浴介助するって言ったじゃん。……ああ、全部は脱がないから安心していいよ」

くすりと笑う啓吾はあからさまに意識する満希が楽しいらしい。こっちとしてももっとさらりと振る舞えたらいいのだけれど、そうもいかない。

いまの満希の記憶では啓吾とは初対面で、一目惚れした相手状態なのだから。

（しかも、すごい格好いい体してるし……！）

あらわになってゆく引き締まった体には大人の男性らしい色気がある。着衣時のイメージよりもしっかりとした厚みがあって、肩も背中も広い。

ドキドキしながら見つめていたら、下着姿になった啓吾が満希の視線に気づいて軽く眉を上げた。

「これも脱いでほしい感じ？」

くい、とウエストのゴム部分を引っぱって見せる彼にぶんぶんかぶりを振る。また「可愛い反応」と笑われてしまった。

包帯をしている右手が濡れないようにラップとビニール袋で防水加工をしてから、湯気の充満するバスルームに移動した。さっそく啓吾が満希の髪を洗ってくれる。

入浴前にからかわれたことでちょっと緊張していたけれど、その手はやさしく、まったく欲望を感じさせないもので、徐々にリラックスしてくる。

けれども体を洗われるのは別だった。やさしい手が逆にくすぐったくて鼓動を乱されてしまう。しかも啓吾は、満希がびくっとしたところを念入りになぞるのだ。

「啓吾さん……っ、そこ、もう、いいですから……っ」

「うん、せっかくだから事前リサーチをね」

「なんのリサーチですか……っ」

叱《しか》っても笑うばかりで答えてくれないし、くすぐったいところを洗う手も止めてくれない。

そのうちただくすぐったいだけじゃなく、ぞわぞわとおかしな感じがしてきて満希は焦った。

（なんで……⁉）

わき腹や背中、お腹、二の腕の内側や膝裏など、本来性的な場所じゃないはずなのに、軽く撫でられているだけでぞくぞくする。このままだと勃ってしまいそうだ。

「あ、こらみつくん、逃げないの」

「や……っ、だって……っ」

とっさに体を逃がそうとしたら逆にがっちり背中から抱きしめられてしまって、濡れた素肌が密着する生々しさと体温に動揺した。

（あ、どうしよ、まずい……っ）

思ったときには時すでに遅く、下腹部に覚えのある切なさと熱が溜まって抑えようもなく自身が反応してしまう。

「啓吾さん、離してくださ……っ」

「あ、勃っちゃったね」

なんとか隠して逃げようとしたのに、体格差があるせいで肩ごしに満希の下肢《かし》が見える啓吾はタオルごしでもそこの状態に気づいてしまう。

というか、タオルがもはやあまり意味をなしていない。髪や体を洗ってもらう間にずぶ濡れになって、ぴったり股間《こかん》に張りついてそこの形をあらわに見せているのだ。ぴょこんと勃ちあがっているものに気づかれないわけがなかった。

ひくっ、と羞恥のあまり泣きそうになると、啓吾が慌てた様子で満希の濡れ髪を撫でた。

「ごめんみつくん、俺がやらしいさわり方したせいだから……っ！　勃つのは仕方ない！　俺が悪い、泣かないで！」

「そんなさわり方、してました……？」

戸惑いの目を背後に向けると、彼が真顔で頷く。

「くすぐったいところは感度がいいところだから、さわり方次第で性感帯にできるんだよ。反応してくれるのが可愛くて、えっちなところじゃないから許してもらえるかなーってずるいことを思ってわざとしつこく洗ってました」

「な、なん……っ」

「ごめんなさい。だからこれは俺のせい。俺のせいだから恥ずかしくない、ね？」

勃っているのは満希だからおかしな論理のような気もするけれど、押し切る口調に思わず頷いてしまう。そうしたら、少し気が楽になって恥ずかしさも軽くなった。

満希の表情でそれがわかったのか、啓吾がにこりと笑う。

おずおずと照れ笑いを返したら、小さく息を吞んだ彼がこつんと額をつけてきた。ものすごく近くに端整な顔、形のいい唇があって、いまにもキスできそうな距離に鼓動が乱れる。

「……俺のせいだから、俺が責任とってもいいよね？」

「え」

「みつくんの可愛くなってるとこ」

するりと伸びてきた手がタオルごと満希自身を包みこんで、ひゅっと息を呑む。とっさに止めようとしたのに、そこの形を手のひら全体で明らかにしようとするかのようにゆるゆると上下に撫でさすられて、感じやすい器官はタオルごしでも明確な快感を拾った。逃げようにも片腕でがっちり拘束されていては逃げられない。

ぞくぞくして、息が乱れる。

「ん……っ、やだ……っ、そ、なとこ……っ」

「ほんとにやだ？　俺の手が嫌？」

「そ、じゃ、なくて……っ」

恥ずかしいから、と言おうにも愛撫の手を止めてくれないからちゃんと伝えられない。というか、耳元で話すのもやめてほしい。耳朶《じだ》をかすめる低い声にも背筋が震えて、過敏に反応してしまう。

濡れたタオルごしなのがもどかしいのに、ざらざらした感触が堪《たま》らなかった。大きな手が与えてくる快感は記憶がないにしろひどく新鮮で、気を抜くと変な声が漏れてしまいそうだ。

懸命に声を我慢しているのに、啓吾は返事が必要な問いを耳元で囁く。

「俺の手は嫌じゃない？」

声も出せずにこくこくと頷くと、耳元で彼が笑った気配がした。

「じゃあ、直接さわってもいいよね」

「あっ、うそ、ひぁん……っ」

容赦《ようしゃ》なくタオルを剝ぎ取《はと》られ、直《じか》に握りこまれて、リアルな手の感触にざわっと腰に震えが渡って高い声が飛び出した。とっさに両手で口を押さえてこれ以上の淫《みだ》らな声を閉じこめようとするけれど、「あー……可愛い……」とため息混じりに呟いた啓吾が満希の首筋に顔をうずめてきて、そこからもくすぐったいような快感が湧き起こる。

（キス、されてる……っ？）

くすぐったいような快感は、首筋から肩へのラインに啓吾が口づけ、時には軽く歯をたてているせいで起こっていることに満希は気づく。

そんなところで気持ちよくなれるなんて知らなかったのに、全身の感度が上がっているせいか、やわらかな唇、硬い歯の愛撫《あいぶ》が背筋を渡って腰に響き、啓吾の手で弄《いじ》り回《まわ》されているところがますます切羽詰まる。

「んっ、ん……っ」

「声、我慢しなくていいよ？　ていうか聞かせて？」

甘い声の要求にかぶりを振る。

「恥ずかしいから？」

うん、と頷くと、「はー……可愛くて完勃ちしそう」と低い呟きが聞こえて心臓が跳ねた。

自分のことでいっぱいいっぱいだったけれど、意識してみたら、お尻の間になにやら熱くて硬いものが挟《はさ》まっている感じがする。……これは位置的に、がっちり満希を膝の上に抱えている啓吾のもので間違いない。

(ぼ、僕で勃つんだ、啓吾さん……!)

恋人同士ならおかしくないのかもしれないのに、不思議なくらい感動してしまう。おそらく本人が意識的にセーブしているからまだ完勃ちじゃないのだろうけれど、こんな薄っぺらい、同性である自分の体を見て興奮してもらえるのがうれしい。

その喜びが、満希をいつになく大胆にさせた。

「……けい、ご、さん……っも……っ」

「うん?」

「いっしょに……」

潤んだ瞳で間近にある切れ長の瞳を見つめて言葉少なに訴《うった》えると、カキン、と音がしそうな感じで啓吾が固まった。一方で、お尻の間の熱がぐうっと存在感を増した気がする。

はあ、と啓吾が満希の肩に顔をうずめて大きく息をついた。

「もー……、みつくん反則……」

「え、あ、あの……」

「めっちゃくちゃ我慢してたのに、いまので完全に勃った……」

「だ、駄目ですか……?」

おろおろすると、肩から顔を上げた彼が少し困ったように笑う。

「みつくんは駄目じゃない。けど、俺が駄目だね。みつくんの記憶が戻ったときに絶対怒られる……ていうか、嫌われそうで困る」

「嫌わないです」

「いやあ……」

「絶対、嫌わないです。約束します。僕、啓吾さんが好きですから。覚えてないのにすごく好きだなあって感じているので、心配しなくていいと思います」

真剣に訴えたら、「くっ」と強烈な攻撃でも受けたかのように啓吾がうめいて再び満希の肩に顔をうずめた。

逡巡《しゅんじゅん》するような間があってから、ひとつ息をついて彼が顔を上げる。

「いまのみつくんの言葉を真に受けたらいけないと思うけど、正直、このままなのはお互いにつらいし……、抜きあうだけなら、きっと許してくれるよね？」

「大丈夫だと思いますけど……、前の僕、そんなに怖かったですか？」

戸惑う満希の体を膝の上で反転させて向き合わせながら、啓吾が苦笑する。

「怖くないよ、全然。可愛くていじらしくて大事にしたくて……それはいまも変わんないな。ただ、俺が大人として駄目だなーって反省しているだけ」

「……？」

「あとでめちゃくちゃ怒られる覚悟もできたから、いまは俺のものになって、みつくんのこと可愛がらせて」

囁きにドキリと胸を高鳴らせた満希の腰を、啓吾がぐっと抱き寄せる。互いの熱が触れあって、啓吾のものの逞《たくま》しさと熱さにびくりと肩が跳ねた。

「け、啓吾さんの、すごくないですか……っ」

「まあ、体も大きいからね」

さらりと流されたけれど、絶対それだけじゃない気がする。太さも長さも色も自分のものとあまりにも違って、これが同じ器官だなんて信じられないくらいだ。

思わずまじまじと見ていると、苦笑した啓吾の胸に頭を抱き寄せられて視界を奪われた。

「そんなに見られたら興奮しちゃうでしょ」

「……っ、み、見られたい人ですか？」

からかいを含んだ声に気づかず真に受けて返すと、頬をくっつけられている胸板が揺れて彼が笑ったのを感じる。

「いや、いままでそういう趣味はなかったな。ああ……でも、男同士だからかな、俺のを見てもみつくんのがえっちなままでいてくれるのは、うれしいなあって思う」

「それ、わかります……」

おずおずと目を上げると、ふ、と啓吾が甘く目を細めた。

「さわれる？　俺の」

「は、はい……っ」

「俺もみつくんの、さわっていいよね」

質問形ですらないけれど、さっき直接愛撫されていたことを思うと当然かもしれない。小さく頷く満希の手に大きな手を重ねて、啓吾が耳元で囁く。

「じゃあ、一緒に気持ちよくなろうか。……握って」

ドキドキしながら彼の手の誘導に従って二人ぶんの熱を手のひらで包みこむと、密着度が増したことでその硬さと熱さをより強く感じて手も腰もジンとした。

「す、すみません……、啓吾さんのが太くて、ぜんぶ握れない……」

「……っ、みつくん、素でやばいこと言うね」

呟いた彼のものがさらに手の中で嵩《かさ》を増したのを感じて驚くけれど、後頭部を覆った手で胸に顔をつけさせられているせいで確認はできない。でも、どくどくと手のひらに伝わる脈が強くなった気がして、それになぜか自分まで興奮してしまう。

「ぜんぶ握らなくていいから、先の方をこすり合わせるようにして。……ん、そう……」

言われたとおりに先端部分を揉みこむようにして愛撫すると、気持ちよくて腰からとけてしまいそうな気がする。吐息混じりの低い声が耳元で響くのにもぞくぞくして、抑えようもなく先端から蜜《みつ》が漏れた。ぬるぬるとすべりがよくなって、ますます快楽の濃度が上がる。

「ここ、みつくんがしてて……。揺らすから」

「え……、あっ、あん……っ」

満希の手に重なっていた啓吾の手が離れたと思ったら、強く腰を抱かれて揺さぶられた。手の中で二本の熱がごりごりとこすれあって堪らない。

「あっ、あっ、やぁ……っん」

バスルームに反響する声が恥ずかしいのに、不安定な体勢のせいで片手は啓吾の肩にあり、片手は指示されたとおりに二人の熱を握っているせいで口を押さえられない。ゆさゆさと膝に乗せた満希を揺らしながら、はあ、と啓吾が熱っぽい息をつく。

「あー……みつくんの声、エロ可愛い……。我慢できなくなりそうだから、早めにイこっか」

慣れない快感にもみくちゃにされている満希の耳には、低い呟きは届いていても意味がうまくとれない。少しでも声を抑えようと啓吾の肩に唇を押しつけたら、小さく息を呑んだ彼にあらわになった首筋に吸いつかれた。

思いがけない快感が走ってびくっと肩が跳ねるけれど、啓吾は気にせずに満希を揺らしながら首筋へのキスと愛撫を続ける。どうしたことか、軽く噛まれるたびに悦楽がそこから全身に巡って達してしまいそうになる。

「け、啓吾さん……っ、だめ、それ……っ」

「ん……？　首、噛むやつ？」

動揺のあまり止めると、少しだけ顔を上げた啓吾に確認される。首筋でしゃべられるのもぞくぞくしてたまらない。

小さく頷くと、くすりと彼が笑った。

「みつくん、首弱いよね。嚙むとびくびくしてくれるから、色っぽくて可愛くて、もっとしたくなる」

「な……っ」

「いいよ、我慢しないで。ほら、もうイこう」

再び脈うつ首筋に顔をうずめた啓吾に囁かれ、揺さぶられながら少し強めに嚙まれる。それが引き金となって限界が訪れ、目の前で星が散った。

「んっ、んんぅー……っ」

寸前で目の前の厚い肩に唇を押しつけ、あられもない絶頂の声を漏らすのは免《まぬが》れる。けれども手の中では白濁《はくだく》が溢れ、啓吾のものを汚した。

達している間も啓吾は揺らすのを止めてくれない。ぐちゅぐちゅと聞くに堪《た》えない音がそこから響き、いままで知らなかった濃度の快感を強制的に与えられる。

「んんっ、んっふ……っ、ぅく……っ」

ぎゅうっと閉じたまぶたから気持ちよすぎて涙がぼろっとこぼれたタイミングで、啓吾が息を詰めて大きな体を強張《こわば》らせた。勢いよく手の中で熱が溢れて、満希の蜜と混じりあって二人の茎をとろりと伝う。

（や、やっと終わった……）

このまま気持ちいいのが続いたらどうしよう、と半ばパニックに陥《おちい》りかけていた満希はぐったりと啓吾の体に身をゆだねる。ぜいぜいと息を乱している背中を、先に呼吸が落ち着いた彼が気遣うように撫でた。

「みつくん、大丈夫……？」

「は、い……っ……」

本当は背中を撫でられるのも、耳元で囁かれるのにもまだぞくぞくしてしまうけれど、反射的に頷く。本当は大丈夫どころか死にそうなほど恥ずかしい。もう顔を上げられない。というか、手を濡らしている二人ぶんのこれをどうしたらいいのか。

内心でおろおろしながらも動けずにいたら、満希を抱いたまま啓吾が腕を伸ばした。

「手、流してあげる。ちょっと体起こせる？」

こくりと頷き、目を合わせないようにして体を起こすと、彼がシャワーで満希の手と二人の汚れた下肢を洗い流す。

「ん……っ」

過敏になっているせいでシャワーの水圧の刺激にも小さな声が漏れると、ふ、と吐息で笑う気配がした。笑われた理由が気になってちらりと目を上げたら、ドキリとするほど甘い眼差しにぶつかって息が止まる。

どぎまぎと目をそらす前に啓吾の手が伸びてきて、濡れた髪をやさしく撫で上げられた。

「気持ちよかったねえ」

「……は、い……」

「みつくん、めちゃくちゃ可愛かった」

「……っ」

「恋人が感じやすいって最高だよね」

「し、知りません……っ」

真っ赤になる満希に機嫌よく笑う啓吾は、出したことですっきりしたのかもう情欲の色をのぞかせていない。軽やかな振る舞いに照れくささもやわらいで、そのあとは色めいた雰囲気を引きずることもなく丸洗いされ、バスタオルで拭かれ、パジャマ代わりの衣類を着せられた。

「……啓吾さん、僕のこと甘やかしすぎじゃないですか？」

「そんなことないよ。これくらい普通だって」

鼻歌混じりに満希の髪をドライヤーで乾かしてくれている啓吾は上機嫌で、口調もさらりとしている。

（こんなに手間をかけてもらうのって申し訳ないし、なんかすごく照れくさいんだけど……）

そう思うものの、これが啓吾と自分の「普通」だったのだろうか。

もしそうなら遠慮しすぎる方がきっと彼を傷つけるから、記憶のない満希は照れくささには目をつぶって甘えさせてもらうばかりだ。

「はい、おしまい」

「ありがとうございました」

ドライヤーをオフにした啓吾に礼を言ったのに、大きな手はまだ頭から離れない。さらさらと満希の髪で遊んでいる。

「みつくんの髪、気持ちいいねえ。細いせいかな」

「……将来ハゲそうで心配ですけど」

半分冗談、半分本気のコメントを返したら、くすりと笑った彼によしよしと撫でられた。

「みつくんならハゲてもきっと可愛いよ」

返事に困る。あと、やっぱりハゲたくない。

恋人がどこまでも甘いことに照れながら振り返った満希は、啓吾の髪はタオルドライしかされていないことに気づいてはっとした。

「あの、僕も啓吾さんの髪、しましょうか……？」

申し出に目を瞬いた彼が、ふっと破顔する。

「いいよ、みつくんにしてもらったら照れちゃう」

「え、でも、いつもお互いにしてたから僕にしてくれたんじゃ……？」

「あー……うん、まあ、いつもしてあげたかったからした感じ？　でも俺は大丈夫、さっさと終わらせて寝よう」

なんとなく腑《ふ》に落ちないものの、啓吾は自分の頭をガーッとドライヤーで雑に乾かす。満希にかけた時間の三分の一以下だ。

目を丸くしている満希に気づくと、悪戯っぽく笑った。

「どうしてもみつくんがしたいって言うなら、明日から任せるけど？」

「い、いえっ、どうしてもってわけじゃ……」

「わかってるって。ほら、歯磨きしてもう寝るよ」

髪質がいいのか、あんなに適当に乾かしていたのに手櫛《てぐし》でざっとかきあげただけで様になっている。いや、顔がいいせいかも。セットしてるときはもちろん、濡れ髪は色っぽく、適当に乾かしたあとでも乱れ方が格好いいなんてずるい。

寝支度を終えたあと、帰宅時に教えてもらった自室へ向かおうとしていたら背中に声をかけられた。

「一人で眠れる？　不安だったら俺んとこ来ていいよ」

一瞬、頭の奥で何かがチカッと反応したような気がした。忘れている記憶にアクセスしたような気がしたものの、それは跡形もなく消えてもどかしさだけが残る。

「……みつくん？」

心配そうな呼びかけにはっと我に返り、軽くかぶりを振ってから満希は振り返った。

「啓吾さん、前も僕にいまみたいなこと言いました？」

「記憶が戻ったの……⁉」

勢いこんで聞かれたけれど、残念ながら首を横に振るしかない。

「ちょっとだけ戻りそうな気がしたんですけど、気のせいでした」

「……そっか」

残念そうに、それでいて少しほっとしたように啓吾が呟いたけれど、彼がほっとする理由なんてないからきっと気のせいだろう。

少し首をかしげて考えた満希は、思いきってみることにした。

「啓吾さんのところに、本当にお邪魔してもいいですか」

「え」

「さっきの返事からして、啓吾さんに前も同じようなことを言われてるんですよね？　一緒に寝てたのなら、同じようにした方がいいのかなって……」

説明している間にも啓吾は口許を片手で覆って、何か難しい選択を迫られているかのように目を閉じてしまう。

やっぱり、記憶がないのに——恋人だったことを忘れてしまっているのに、図々しすぎただろうか。

啓吾に嫌われたくない、という気持ちがはたらいて満希は慌てて言い足した。

「あの……っ、嫌ならいいんです、無理は……っ」

「いや、全然嫌じゃないから！　無理でもないし！　ただ、俺の中で天使と悪魔が喧嘩してただけ」

天使と悪魔？　ときょとんとする満希に目をやって、残念そうにため息をつく。

「さすがに、ドライヤーと同じ布団は危険度が違うもんなあ……めちゃくちゃ誘惑されるけど……頑張れ俺の良心……！」

ぶつぶつ謎めいたことを呟いていたと思ったら、なにやら吹っ切った様子で顔を上げた。

「一緒に眠れたらうれしいし大歓迎なんだけど、俺の中の天使が勝ったので正直に言います。みつくんは俺の布団で寝たことはありません。同居初日に冗談半分、本気半分で誘ってみたけど、あっさり断られました」

「え、そ、そうなんですか？」

同棲を始めた恋人なのに……？　と思うものの、そういえばバスルームでもああいう行為をするのは初めてというようなことを言っていた。

もしかしたら自分はいわゆる「身持ちが固い」タイプだったのだろうか。もしくは、男同士だからこそ啓吾に裸を見られて「やっぱり無理」となるのが怖かったのだろうか。

理由はよくわからないけれど、同衾《どうきん》未経験ということはわかった。……啓吾は歓迎してくれているということも。

「じゃあ、あの、お邪魔……したいです」

「……いいの？　あっ、いや、やらしいことする気はないけど！」

「ないんですか？」

思わずぽろりと出てしまった言葉に、啓吾が一瞬固まって大きなため息をついた。

「もー、みつくん危険！　めちゃくちゃ危険！　必殺理性破壊人！」

「なんですか、その必殺仕事人みたいな……」

「お、渋いとこいくねえ」

「なんか、出てきました」

「羽野さんちの誰かが好きなのかなあ……ああ、ご両親の顔を思い出したら大丈夫そう」

うん、と頷いた啓吾が顔を上げた。

「おいで、一緒に寝よう」

ドキドキしながらも彼の元に向かうと、ＬＤＫから直接行ける和室の襖《ふすま》を「どうぞ」というように開けた。かすかに藺草《いぐさ》の香りがする和室はさっぱりと整理整頓が行き届いていて、和風の間接照明がやわらかくて居心地がいい。

「和室って……意外といい感じですね」

なんとなく和室イコールお年寄りのイメージだけれど、日本人のＤＮＡに刻まれているのか不思議な懐かしさを感じて落ち着く。

「でしょ？　ベッドがなくてもいいから引っ越しやすいのもメリットなんだよね」

「引っ越しやすい……？」

きょとんとすると、ああ、と啓吾がなにやら思い当たったような顔になった。

「そっか、みつくん忘れてるよね。……んー、そのへん説明すると話が複雑になるからまた今度ね。とりあえず寝よ寝よ」

話を流すようにそう言って、布団を敷く。

「わ、大きい布団ですね」

「それはみつくんと眠るためさ」

悪い狼《おおかみ》みたいな口調で返す啓吾に目を丸くしたら、笑って言い直された。

「冗談だよ。俺、ゆったり寝たいの。だからダブルサイズの布団なんだよね」

「あっ、じゃあお邪魔したら……」

「大丈夫、みつくんなら大歓迎。ほら、電気消すから入って」

促されて、ドキドキしながらも従う。洗濯洗剤の香りに混じってかすかに啓吾の香りがして、ますます鼓動が速くなる。

「あっ、枕……！」

「ないと寝れない人？　なんなら俺の使う？」

横たわった満希が忘れ物に気づいたところで、隣に入ってきた啓吾が聞いてくる。布団のかすかな残り香でさえドキドキするのに、枕なんか借りたら大変なことになりそうだ。

「そういうわけじゃ……」

「ないの？　残念。腕枕してあげようかと思ったのに」

「！　さっきの、俺のって……」

「俺の腕」

にやりと笑う啓吾はこっちを見ていて、枕元の間接照明の明かりのみの部屋で、瞳が楽しそうにきらめいているのに目を奪われる。

冗談かもしれない。でも、本気にしてもいいかもしれない。

（だって、啓吾さんは僕の恋人って言ってたし……）

なまじ布団が大きいせいで彼とはどこも触れあっていない。だけど、あと少しだけ近づいたらさわれる距離。ふんわり軽い羽毛布団のドームの中で、かすかに伝わってくる体温は安心感を与えてくれる。もっと近くに行きたい。

「して、もらってもいいですか……？」

おずおずと頼んでみたら、切れ長の瞳が見開かれた。驚かせてしまったことに慌てて前言撤回しようとした矢先、にっこり笑って腕を伸ばされる。

「よろこんで。こっちおいで、みつくん」

「わ、わ……っ」

遠慮する間もなく首の下に腕が入りこみ、もう片方の腕まで腰に回ってぐいと抱き寄せられた。気づいたらすっぽりと啓吾の腕の中だ。

心臓が壊れそうなくらいに鳴る。体温と彼の香りが近い。シャンプーもボディソープも同じものを使っているはずなのに自分とはどこか違うように感じられるのは、フェロモンでも出しているんだろうか。だって、どうしようもなくドキドキする。

「こちらの枕の使い心地、いかがでしょう?」

すぐ近くで響く低い声、髪を揺らす吐息に動揺するけれど、問いかけに答えなくてはと満希はなんとか腕枕の具合に意識を向ける。

「……硬いです」

「え、ごめん」

「あっ、いえ、使い心地は悪くないと思います！　でもあの、いま、すごくドキドキしててよくわからないので……っ」

「〜〜〜〜っ、ああもう、みつくんはほんとに……っ」

ぎゅうっといきなり強く抱きしめられて、心臓がひっくり返った。さっきまではゆったり抱かれていたのにいまはゼロ距離、密着した硬い体の感触にぞくぞくする。

「けけけ啓吾さん……っ⁉」

「……うん、ちょっとだけ堪能させて。可愛すぎて困ってるから」

緊張しながらも抱擁《ほうよう》に身を任せていたら、ようやく啓吾の腕がゆるんだ。無意識に詰めていた息がほっと口から抜けてゆく。

「必殺理性破壊人、有能すぎるよね」

「……僕、何かしました？」

「無自覚なのがもうねー。こわいこわい」

苦笑した啓吾が髪をくしゃくしゃと混ぜてくる。怖いと言いながらその眼差しは甘くて、胸が落ち着かなくなってしまう。

「あの……」

「もう寝よう、みつくん。このままだと一緒に寝られなくなりそうだし。……目を閉じて」

やさしい、低い声で囁かれるとつい従ってしまう。目を閉じたら、自分で思っていたよりも疲れていたのかもう開けられそうになかった。

「今日は大変な一日だったねえ」

さらさらと髪を撫でてくれる手が気持ちよくて、低い声とともに眠気を誘う。自分より高い体温も心地よくて、無意識にくっついたら苦しくない程度に、けれどもしっかりと抱きしめられた。

「おやすみ、みつくん……」

どことなく名残《なごり》を惜しむような、まだ眠らせたくないような響きを感じたけれど、きっと気のせいだろう。啓吾の声はごく低くひそめられていて、満希が眠りに落ちる邪魔はしなかったから。


翌朝、啓吾の腕の中で目覚めた満希は一瞬固まった。ものすごく近くで、端整な顔立ちの恋人にガン見されていたからだ。

「なななななんですか……っ⁉」

「ああ、ごめんごめん。最初で最後かもしれないから、寝顔を目に焼きつけときたいなーって思って。……で、記憶、戻った？」

最初で最後という謎めいた発言、無防備な寝顔を眺め回されていた羞恥、不細工だったのではという不安はさておき、最後の質問が大事なのは寝起きの頭でもわかった。

そうだ、自分は記憶喪失だった。

早ければ数日中に戻ることもあると医者に言われていたのを思い出して、満希は記憶が戻っているかどうか自問自答する。――昨日の記憶はある。でも、その前の記憶はなさそうだ。両親の顔すら思い出せないから。

「……まだ、みたいです」

「そっか」

しゅん、と眉を下げての報告に、啓吾は複雑な表情を見せて慰《なぐさ》めるようにぽんぽんと髪を撫でてくれる。そのまま長い指先でもつれた髪をやさしく梳《す》き始《はじ》めた。

「思い出せないのは不安だと思うけど、みつくんには俺がついてるからね」

「はい」

信頼を湛えた瞳で見上げたら胸に抱き寄せられた。啓吾がどこか痛むように眉をひそめていても、どぎまぎしている満希には見えない。

二人で起き出したのは午前十時すぎで、啓吾がブランチを作ってくれることになった。

手伝う意欲はあるものの、利き手の親指がまだ痛む満希は大したことができない。キッチンの勝手もわからないから皿やボウルを出すことさえままならないのだ。

「座って待っていいよ」

「すみません、役立たずで……」

「えっ、違うよ？　みつくんに手料理ふるまうの初めてだから、ちょっとはりきってるだけなんだけど」

目を丸くした啓吾は冗談で言っている風じゃない。そっか、と気持ちが軽くなった満希は素直にキッチンカウンターに移動してスツールに座る。

それから、「手料理をふるまうの初めて」という言葉が意味することに気づいた。

「これまでは僕が料理担当だったんですか？」

「うん。毎日がんばってくれてたよ」

頷いた啓吾はザクザクとキャベツを切っている。粗《あら》いけれど、その手つきは危なげない。料理に慣れているのだ。

なのに、自分が料理を担当していたのを満希は不思議に思う。突き指の影響がなかったとしても、満希はきっとあんなスピードで包丁を振るえない。

(ていうか、料理する自分のイメージが湧かないいんだけど……?)

でも、担当していたからにはそれなりにできたのだろう。

「僕の得意料理って何でした?」

気になって聞いてみたら、啓吾が軽く首をかしげた。

「なんだろう……、毎日一生懸命作ってくれてる時点でうれしくて、ぜんぶおいしかったからなあ。どんどん手慣れて上手になってくことに感心してたし」

「発展途上だった、ってことですか?」

「んー、そんなような、そうじゃないような」

「どっちですか」

苦笑するのに、「着々と料理の腕を上げてたのはたしかだけど、ちゃんと最初からおいしいのを作ってくれてたよ。みつくん努力家だから」とどこか甘く、やさしい声で返される。

よくわからないのにやけに照れくさくなって、それをごまかすために切り返した。

「でも、啓吾さんの方が料理上手なのは間違いないですよね」

「どうかなあ」

やんわり流されるものの、キャベツを切り終えた彼は解凍したエビの背ワタを取っている。

「手慣れてますもん」

「それはまあ、俺も一人暮らしが長いからね。食べたいものはけっこう自分で作ってみる派だったし」

「得意料理は？」

「いま作ってるやつかな」

キャベツとエビ、ときたら。

「……エビフライ？」

「ああ、それも好きだけど、正解はお好み焼き。海老《えび》と豚肉の両方入れて豪華ミックスにする予定。みつくん、暇なら粉ふるってくれない？」

手伝わせてもらえることになって満希は喜んで頷く。お好み焼き粉を篩《ふるい》代わりのザルにかけている間に、啓吾は卵を黄身と白身に分けた。白身だけを泡だて器で混ぜ始める。

「それは？」

「メレンゲ。これと出汁《だし》がうまさの秘訣《ひけつ》なんだよね」

しっかり角がたったところで、満希がふるった粉に卵黄と出汁を混ぜてベースを作る。ざっくり混ぜたところでたっぷりのキャベツの粗みじん、冷蔵庫の野菜室にあった椎茸《しいたけ》と人参《にんじん》――こちらもみじん切り――、天かす、干しエビ、剥きエビのぶつ切り、チーズなども投入して、最後にメレンゲを混ぜこんだら生地の完成だ。メレンゲがつぶれないうちに焼き始める。

ホットプレート代わりにフライパンをダブル使いにして、先に豚肉を焼いてから生地で覆う。しばらくしたらひっくり返すのだけれど、啓吾はフライ返し等を使わず、フライパンだけで見事にやってのけた。

「すごい……！」

「惚れ直した？」

にやっと笑ってポーズを決める彼に噴き出しながらも頷く。

「たぶん。昨日啓吾さんに惚れ直したばかりなので、よくわかんないですけど」

「……あーもう、素直すぎるみつくんがいちいち可愛すぎる……」

ため息混じりにおかしな懊悩《おうのう》をしないでほしい。反応に困ってしまう。

得意料理と言っていただけあってお好み焼きは絶品だった。次を焼いている間に熱々をはふはふと食べる。メレンゲとたっぷりの具のせいか口当たりが軽く、いくらでも入りそうだ。けれども気分と現実は別で、最後の一枚は満腹すぎて啓吾に食べるのを手伝ってもらうことになった。

同じ皿から食べる親密さにドキドキするけれど、恋人同士ならたぶん珍しいことじゃないはず。そう自分に言い聞かせて平気なふりを装っていたら、ひょいと口許に一口大にカットしたお好み焼きを差し出された。

「……これは？」

「お好み焼き」

「それはわかってます。名前じゃなくて理由が聞きたいんですけど……」

「食べないかなーと思って」

にっこり、小首をかしげての答えは予想どおりではある。ただ、困惑はするけれど。

「どうして急に？」

「もぐもぐしているみつくんが可愛いから、餌《え》づけしてみたくなったって言ったら怒る？」

「……怒らないですけど、ハムスター扱いですか」

ため息混じりに言ったあとで、何かが引っかかって満希は眉を寄せた。

――ハムスター。もぐもぐしているのが可愛い。怒る。

「みつくん？　やっぱり怒ってる……？」

心配そうに聞かれて、記憶の海に垂らした釣《つ》り針《ばり》にかかりかけていた何かが四散した。

もう少し追いかけてみたら摑めるかもしれないけれど、こんな表情の啓吾をスルーできるわけがない。満希は笑ってかぶりを振り、照れくささを我慢して目の前のお好み焼きをぱくりと食べた。餌づけしたくなったと言いながら本当に食べると思っていなかったのか、啓吾が目を見開く。

「かっわい……」

「……っ」

「もう一口どう？」

いそいそと次を用意しようとする啓吾に、口の中のものをもぐもぐ咀嚼《そしゃく》しながらかぶりを振る。食べるたびに「可愛い」攻撃をされるなんて恥ずかしくてやっていられない。

「もうおなかいっぱいなんで……！」

「そう？　じゃあ、残りは俺に食べさせてくれてもいいよ？」

どうしてそうなるのか。目を丸くする満希に啓吾は「よろしくお願いします」と自分の箸を置いてしまった。

「啓吾さん、子どもじゃないのに……」

照れくささにじわりと頬を熱くしながら言うと、彼が真顔で頷く。

「たしかにね。……介護の練習？」

「それでいいんですか」

「よくないね。だからみつくん、介護の練習っぽくならないようにしてくれる？」

にこりと笑って頼んできた。もう満希が食べさせてあげることは揺るがないのだ。

食後はスマホで写真を見せてもらいながら、家族のことや二人で出かけた場所のことを教えてもらった。この近辺で撮ったという写真が多く、満希はいつも少しはにかんだ、うれしいのを我慢しているような複雑な顔で写っている。啓吾が満希に気づかれずに撮ったと思われる写真だけ自然な表情だ。

「僕、写真に撮られるの下手《へた》すぎですね……？」

「そう？　ぜんぶ可愛いよ」

さらっと言ってのける恋人は本気っぽい。なんかすごい。照れをごまかすためにも満希は聞いてみる。

「僕たち、よくデートしてたんですか」

「んー……そうだねえ、毎週末ごはんに行ったり、うちの近くを案内したりしてたんだけど、俺にとっては毎回デートだったよ」

「じゃあ、僕にとってもデートじゃないですか」

きょとんとする満希に啓吾はふふっと笑う。それ以上何も言わない。

少し気になったものの、「記憶を取り戻すきっかけになるかもしれないし、気になった場所があったら連れて行くよ？」という提案を受けてスマホの写真データに関心が移った。

気になる場所と言われてもよくわからなくて、啓吾にお任せで「満希の好きだった場所巡り」をすることになる。

記憶を取り戻す気合い十分で家を出た満希は、エアコンのきいた室内との落差に顔をしかめて太陽がまばゆく輝いている空を見上げた。

「うわ、あっつい……」

「いちばん陽が高い時間帯はすぎたけど、まだ三時すぎだもんねえ」

満希の頭上に手で陰を作ってくれた啓吾が日陰へと誘う。直射日光を避ければまだすごしやすいけれど、蝉《せみ》の声が体感気温をアップさせている。

はい、と大きな手を差し出されて満希は目を瞬いた。

「この手は……？」

「この辺の地理がわからないのに、迷子になったら困るでしょう」

にっこりしての返事に子どもじゃないんだけどな……と苦笑するものの、心配してくれているのがわかっているから片手を預けた。

「ていうのは建前で、デートだからね」

指を絡めてつながれる。まさかの恋人つなぎだ。

「啓吾さん、人が見ます……っ」

「平気な顔してたら案外気づかれないって」

「そんなことないと思いますけど……っ」

「そう？　試しにやってみよっか」

楽しそうに返した啓吾は、おろおろしている満希と手をつないだまま歩きだしてしまう。

（啓吾さん、何気に押しが強いよね……）

にこやかに、穏やかに、気がついたら押しこまれている。

人目以上に手汗が気になるし、動悸に気づかれてしまいそうで困る。でも、いまの満希には見覚えのない土地で手をつないでもらっているのが安心なのも事実だった。

（気を遣ってくれた、のかな……？）

ちらりと見上げると、横顔がやけに楽しそうで「つなぎたかったからつないだだけ」と言いそうだ。だけど彼は、何気なく歩くペースを合わせてくれている。さりげなく満希が日陰を歩けるようにしてくれている。

啓吾に気遣っている自覚はないかもしれない。だからこそ、当然のように大事にされているのが感じられてドキドキしてうれしい。

のんびりとした散歩を兼ねた「満希の好きな場所巡りデート」は、自分の「好き」を啓吾目線で教えてもらえるのがおもしろくて、楽しかった。

一緒に食べに行って満希が気に入っていたというカフェや食事処、ディスプレイが楽しい雑貨店、コーヒースタンド、猫が必ず何匹かいるという路地裏。記憶にはないのに、いまの満希にも「なんかいいなあ」と思える場所ばかりだ。

（啓吾さんのことも、最初から特別だったたし）

先入観をもたない、感情的な「好き」はもはや本能によるものなのかもしれない。

だったらきっと、避けられない。

（男の人が恋人っていうのも普通に受け入れられたっていうか、この人が僕のものなんだって思ったらうれしかったし……）

ちらりと隣を見ると、彼もこっちを見たところで目が合ってしまった。鼓動が落ち着かなくなるけれど、そんな満希には気づかずに啓吾が前方を示す。

「みつくん、ここの商店街もお気に入りだったんだよ。レトロで逆に新鮮だって」

行く手に広がるのは昔ながらのザ・商店街だ。アーケードがあり、両脇に多種多様な商店が並ぶ。魚屋さんや八百屋さんの威勢のいい声、ほどほどの賑《にぎ》わいぶりも含めてさながら映画のセットだ。

「こういう商店街って実在してたんですねえ……！」

「あはは、初めて連れてきたときもおんなじこと言ってた」

これまでに買い物したことがあるお店や満希が特に気に入っていたという専門店を紹介してもらいながら商店街を歩いていたら、和菓子も売っているケーキ屋さんの店頭に「特製アイスキャンディーはじめました」という張り紙がしてあった。

目を見合わせた二人は阿吽《あうん》の呼吸で店内に吸いこまれる。道中のカフェで涼むついでにコーヒーフロートを堪能したとはいえ、蒸し暑い中のアイスキャンディーの誘惑は強力だ。

涼しい店内にほっと息をついて、さっそく保冷庫脇の張り紙で紹介されているラインナップから満希は桃、啓吾は塩レモンを選んだ。ほかにも心惹《ひ》かれるものがたくさんあったものの、それはまた今度にして店を出る。

行儀は悪いけれど、歩きながらまずはひとくち。

「……！　すっごい桃！　おいしい……！」

ジューシーで甘い桃そのもののような冷菓に感激の声が漏れると、「どれどれ」と啓吾が長身を少しかがめて「あ」と口を開ける。……食べさせろ、ということだ。

照れるものの、これは本当においしいし、ぐずぐずしていたらとけてしまう。周りの目が気にならなくはないけれど、さっき手をつないでいてもなぜか「かわいい～」とひそひそはしゃぐ女性陣が一部にいただけでじろじろ見られることも特になかった。

思いきって形のいい口許まで淡い桃色のアイスキャンディーを運ぶ。しゃくり、とかじる啓吾にはためらいも遠慮もなくて、間接キスだ……とドキドキしているのはきっと満希だけだ。

「あ、ほんとに桃！　うまいね」

「ですよね！」

「こっちも食べて。さっぱりしてて塩加減が絶妙だよ」

「い、いただきます」

ひとくちかじっただけの塩レモン味を差し出されて、食べさせてあげるのも照れるけど食べさせてもらうのはもっと照れるな……とドキドキしながらも満希ももらう。少しだけ迷ったけれど、恋人同士だからいいよね、と啓吾の食べたところと重なる部分をかじった。

「……っ、すっぱ」

「あ、桃のあとだとそうなるか。ごめんごめん……っふふ」

殊勝《しゅしょう》に謝った啓吾がこらえきれないように笑う。見上げたら、しかめている眉間《みけん》を指の背で撫でられた。

「……もしかして、わざとでした？」

「まさか。うっかりしてただけだよ」

「笑ってる……」

「んん、ごめん。みつくんのしかめっつらが可愛くて。初めてうちでコーヒー飲んだときも可愛かったなあ」

しみじみと呟かれても返事に困る。しかめっつらのままでいたくなるけれど、思えば彼は満希がどんな顔をしていても「可愛い」と言うのだ。もしかしたら付き合いたてほやほやだったのだろうか。

（デートの写真もここ二、三ヵ月だったもんね）

ラブラブ期だったのなら仕方ないのかもしれない。それにしたって啓吾は「可愛い」と言いすぎだと思うけど。

「塩レモンの名誉挽回《ばんかい》のために、もうひとくちいっとく？」

勧められて、さっきの衝撃にためらったものの後味はさっぱりしていておいしかったから満希はリトライしてみる。

「……あ、ちゃんとおいしいです」

すっきりした甘さと香り、かすかな酸味に岩塩がほどよくきいている。

「ね。俺にも桃、もうひとくち」

「あ、はい」

要求されてアイスキャンディーを差し出すと、満希のかじった部分がさっきのぶんとあわせて完全になくなった。

「間接キスまでごちそうさま」

「……！」

悪戯っぽく笑っての言葉に、啓吾も同じ認識をもっていたことを知る。そのうえでこういう食べ方、なんだか満希の唇も食べたいと言われているみたいだ。どぎまぎしてしまう。いや、自分も同じような真似をしちゃったけど。

「お、お粗末さまでした」

照れつつ返すと彼が噴き出した。

「みつくん、若いのによくそんな返し方知ってるねえ」

「えっと……、なんか、出てきました」

「実家で誰か使ってたのかな。克希《かつき》は使ってなかったけど」

「克希……って、僕のお兄さん？」

数時間前、啓吾が見せてくれた羽野家の写真にいた人物を思い出す。線が細くて母親似の童顔な満希と違って、父親によく似た眉の濃いがっちり体型の青年だった。

「啓吾さん、僕の兄と仲がよかったんですね」

「うん。同クラだったしね」

「じゃあ、僕たちの出会いって兄を通じてですか？」

馴れ初めに興味を惹かれて聞いてみたら、微笑んだ啓吾が首をかしげるようにして頷いた。

肯定か否定かがわかりにくい微妙な角度に戸惑うものの、「そろそろ次の目的地に行こっか」と誘われてうやむやになる。

「みつくんの好きな場所ってわけじゃないけど、連れて行きたいとこなんだ」

アイスキャンディーで涼を得ながら向かったのは、商店街から少し歩いたところにあるこぢんまりとした神社だった。

商店街の氏神《うじがみ》様なのだろう、手入れが行き届いていて清々《すがすが》しい。木が多いせいか他の場所より少し涼しくて、橋のかかった池には鯉《こい》が泳ぎ、水面が夏の午後の光を反射している。

ちょうど緑陰になる位置に木製のベンチがしつらえられていて、冷菓を食べ終えた二人は並んで腰かけた。

さあっと風が通ると、蝉の声に重なって葉擦《はず》れの音が波のように響く。木漏《こも》れ日《び》が揺れる。

「……落ち着きますねえ」

ため息混じりに呟いたら、みつくんも連れてきたいなって、前から思ってたんだ」

「俺もお気に入り。みつくんも連れてきたいなって、前から思ってたんだ」

これまではタイミングが合わなかったけどやっと一緒に来られてよかった、と言われて胸が高鳴った。お気に入りの場所に連れてきてもらえるのは、彼の大切なものを分けてもらえたみたいな喜びがある。

「ありがとうございます……」

照れて目をそらしてしまいながらも礼を呟くと、くしゃりと頭を撫でられた。鼓動がうるさくなって、蝉時雨《せみしぐれ》すら遠くなる。

なんだかいま、すごくいい雰囲気のような気がする。無言なのに満ち足りた、特別で不思議な時間。

「……みつくん」

低く、ひそやかな呼びかけにドキドキしながらちらりと目を上げた瞬間、事件は起こった。

ジジッと聞き慣れない音が頭上で響くなり、濃い緑の葉っぱの間からなにやら黒っぽいものがものすごい勢いで飛び出してきたのだ。

「ひぇ……っ」

ぎょっとした満希の大きく見開いた目がとらえたのは、ブブブッと羽音も激しく糸の切れた凧《たこ》のように飛びゆく蟬だ。十センチにも満たないはずのボディなのに迫力がすごい。

羽音と共に移動した蟬は離れた木にとまり、寸の間を置いて大声で鳴き始めた。大きく息をついた満希の頰の下で、啓吾の胸も上下していて速い鼓動が響いている。背中をぽんぽんと撫でられた。

「あー、びっくりしたねえ……。蟬の飛び方ってビビるよね」

「あっ、す、すみません……！」

しがみついていたことに気づいて慌てて体を離すと、「もっとくっついていていいのに」なんてくすりと笑われる。せっかく落ち着きかけた鼓動を乱すのはやめてほしい。

「くっついたら暑いですよ」

「恋人にくっつかれるのはうれしいから暑くないよ。やってみる？」

「こんなところで……⁉」

目を丸くして周りを見回す満希に、啓吾が噴き出した。

「あっ、からかったんですね⁉」

「ううん。内容的には本音。ていうか、こういう場所じゃなかったらくっついてくれるの？」

問いかける声が甘く聞こえて動揺する。おろおろと視線を泳がせながらも考えてみて、恋人同士だしな……と自分に言い訳しつつ満希はこくりと頷いた。

いきなり啓吾が立ち上がった。

「帰ろう、みつくん」

「え」

「うちだったらくっついていいんでしょう？」

にっこりした啓吾に手を差し出されて、目を瞬く。

そんな理由で帰るのを促されるとは思わなかった。というか、彼は満希とくっつきたいのだ。

じわじわと顔が熱くなる。

思いきってその手を取ろうとした矢先、啓吾のスマートフォンに着信があった。

相手は啓吾の母親――宮永不動産の社長であり、満希の雇い主でもある千佳子《ちかこ》だ。昨日のベランダ落下事件以降、啓吾がこまめに連絡を入れてきたものの、どうしても満希の姿を見ないと安心できないという訴えだった。遠くにいる家族には内緒の記憶喪失も生活圏内にいる雇い主には隠せない。

「いや、記憶がないのにいろんな人に会うのはみつくんがしんどいでしょ……あーもう、わかった、わかったよ。本人に聞いてみる」

ため息をついた啓吾が、これから宮永不動産に顔見せに行く気があるか、行きたくないなら行かなくていいからね、とフォロー付きで聞いてくる。

覚えていない人たちばかりの中に入るのは少し不安だけれど、バイト先なら好きな場所巡りをしても取り戻せなかった記憶を刺激する別の何かがあるかもしれない。

記憶がないのはやはりもどかしいし、今後のことを思えばこそ、満希は覚悟を決めて啓吾と共に宮永不動産に向かった。

家や土地を探す人たちにとっては土日に営業している方が都合がいいから、宮永不動産はシフト制で土日も営業して年中無休になっている。訪ねて行ったときも盛況で、お客さんの前で内輪の話はできないから大事な商談用の応接室に通された。

ソファに腰掛けるよりも早く、母親世代と思われる華《はな》やかな美女が現れる。

「みっちゃん〜！　無事でよかった！　どこも痛くない？　ごめんね、私が外仕事を勧めたりなんかしたから……っ！　啓吾から聞いてはいたけど、こうやって無事な姿を見られて本当にほっとしたわ！　記憶喪失だなんてとんでもないことになっちゃったけど何か困ってることはない!?」

いまにもハグせんばかりの勢いに目を白黒させていたら、満希をかばうように啓吾が前に立った。

「落ち着いて、社長。みつくん記憶ないのにその勢いでこられたらビビるから」

「ほんとに全然覚えてないの……？　私とのあんなことやこんなことも!?」

芝居がかった口調で嘆《なげ》く彼女に啓吾が「どんなことがあったっていうの」とため息をつく。

「そういう面倒くさい絡み方するんだったら帰るよ？　みつくんが来たいって言ったから寄っ

たけど、あんまりストレスかけたくないし」

「なによ～、私がみっちゃんのストレスになるっていうの？」

「うん」

「ひどい息子……！」

「ひどくないです、客観的意見です。みつくんと話したいなら、まずは座って、話すスピードを三倍スローにして、内容も思いついたら口に出すんじゃなくて一回脳みそ通して」

「通してるわよう～」

文句を言いながらも美女は啓吾の指示どおりソファに座る。

「社長」「息子」と言っていたから、彼女こそが宮永不動産のトップで、啓吾の母親——つまりは恋人のお母さんの千佳子だ。

緊張するものの、満希を気に入っているという彼女はものすごくフレンドリーだった。矢継ぎ早に体調や事故のことについて聞いてきて、返事に頷いては気遣う眼差しを向けてくる。

「今後についても考えないといけないわねえ……」

「それは俺も考えてました。特に大学ですよね。バイトはなんとでもなるし」

千佳子の呟きに啓吾も深刻な顔になる。

記憶がないということ、それからいきなり恋に落ちた相手と恋人同士だったということを受け入れるので精いっぱいで、満希はそこまで考えていなかった。自分の迂闊《うかつ》さが恥ずかしいけれど、頼れる大人が身近にいるのはありがたい。

今後について自分も考えないと……と気合いを入れていたら、スタッフが千佳子を呼びに来た。耳打ちされた彼女の表情が一瞬で変わり、啓吾に仕事モードの目を向ける。

「トラブル発生よ。この前あなたが取ってきた大型店舗《てんぽ》建設用地の件、先方の上役が却下《きゃっか》してきたんですって」

「マジすか」

「私から説得にあたってみるけど、万一に備えて次の候補地探すの手伝ってくれる？　ライバル社の資料も手に入ったからそれよりいいとこ。大至急で」

「了解」

「休みの日に悪いわね」

「休日出勤手当はもらうよ」

話の途中ですでに立ち上がっていた啓吾が了承して、満希を振り返る。

「ごめんねみつくん、三十分くらいで戻るから」

「は、はい、大丈夫です。待ってます」

「ほんとにごめんね」

くしゃりと頭を撫でてから、啓吾は千佳子と応接室を出て行った。自分も手伝いたいのはやまやまだけれど、記憶がない時点で足手まといにしかならないだろう。

出してもらったお茶を飲み、心配しながらもおとなしく待っていたら、応接室のスライドドアが少し開いていることに気づいた。――いや、いま開けられている最中だった。

隙間から予想外の客が入ってくる。

ピンと立った三角の耳、もふもふふわふわと気持ちよさそうな白と淡いマロングレーの長めの被毛、宝石のように美しい青藍の瞳、ふさふさの優雅なしっぽ……大きくて綺麗な猫だ。

優雅なるもふもふの君は迷いなく満希のところまでやってきて、きらめく瞳でじっと見上げてきた。名前も覚えていないけれど、可愛い、好きだなあ、という気持ちが胸から湧いてくるから、きっと自分と仲がよかったのだろう。

「こんにちは」

呼びかけて、ソファの上で指を遊ばせて誘う。どうしたことか、もふもふの君は指ではなく満希の顔にじっと視線を据《す》えたままだ。

「どうかした？」

問いかけても返事はなく、ふいっと出て行ってしまった。

なんとも寂しい。だけどあれは、もしかしたら一種の動物の勘の表れかも。

（僕は僕だけど、あの子のことを覚えてないのに気づいたっぽい感じだったもんなあ）

忘れたくて忘れたわけじゃないんだけどな……としゅんとしていたら、足音もなくもふもふの君が戻ってきた。口に何か咥えている。

もふりと脚にくっつかれて「見せてくれるの？」と手を出すと、チリン、という音と共にピンクと水色の縞模様の布製のネズミのおもちゃをのせられた。

「へえ、かわい……あれ？」

いま見ているもの、口にした言葉が過去の記憶とシンクロした気がする。あと少し、もう少しで掴めそうな――。

「うわっ」

集中を途切れさせたのは手のひらのおもちゃだった。ぶるぶる震えだしたそれにぎょっとして思わず放り出す。

壁にぶつかって落ちたあともなおぶるぶる振動しているチュー太郎の元にもふもふの君が豊かな毛並みのしっぽを優雅に揺らしながら向かい、そっと前脚で押さえてからにんまり笑っているような顔をこっちに向けた。

「……オリオンさん、やっぱりドヤ顔してますよね」

気に入っている子に「これすごいでしょ」って見せたがるだけって言ってたけど……とため息混じりに呟いたら、にゃ、と珍しく返事があった。

「当たりってこと？　ひどいっす、オリオン先輩」

うらめしく文句を言ったのに、オリオンはにゃあん、となぜかさっきよりもうれしそうに返して、いそいそと満希のところまでおもちゃを持ってくる。ふさり、ふさりと揺れるしっぽとキラキラの瞳で何を求められているか察して、満希はチュー太郎を受け取り、膝にのるオリオンを受け入れた。とろけるふわふわの毛並みを彼好みの順番で撫でてやる。

「いかがでしょう、王子」

ゴロゴロゴロ、と喉を鳴らす優雅なるもふもふはご機嫌だ。「悪くないにゃ」と言いたげにふさふさの尻尾が揺れる。

小さく笑った満希は、はたと気づいた。

（僕、記憶が戻ってる……？）

にわかには信じられないけれど、たぶん間違いない。

試しに家族のことを思い浮かべてみたら、ごく何気ない――けれどもあらゆるシーンの記憶を引っ張り出すことができた。友達のことも、さっきお茶を出してくれた宮永不動産のスタッフの名前も、ベランダから落ちたときのことも思い出せる。

記憶喪失の人が記憶を取り戻すときというのは、もっと劇的に、雷に打たれるような衝撃があるのかと思っていたけれど、満希の場合は全然そんなことはなかった。

おそらくチュー太郎によるショックが引き金になったのだろうけれど、拍子抜けするほどあっさりと記憶が元の場所に戻っていた。というか、これまでは「そこにあるけど見えなかった記憶」がふいに「見えるようになった」感じだ。

そしてまた、記憶喪失期間中の記憶も残っていた。

自分の記憶喪失がドラマなどでよく見る状態と違うことに戸惑うものの、そういえばドクターも「記憶喪失は医学的に解明されていない部分が多い」「記憶を取り戻したら記憶喪失期間のことを忘れる症例が多いものの、中にはその期間の記憶を失わずに保持している症例もある」と言っていた。満希は珍しい後者に当てはまったのだ。

(記憶が途切れない方が、いろいろ助かるけど……)

過去二十四時間のことを反芻した満希は、「うわあああ」と思わず声をあげて体を丸めた。膝から飛び降りたオリオンが抗議の声をあげてもかまっていられない。だって。

(啓吾さんとあんなことしたり、こんなこと言ったりした……!)

全身から火が出そうなほど熱くなる一方で、冷や汗が流れる。動揺が止まらない。

(ていうかなんで⁉ なんで啓吾さん、僕の恋人のふりしたの⁉)

そもそもどうして恋人という話になったんだっけ、とおろおろしながらも病院での会話を思い出した満希は、頭をかかえる。

(僕のせいだ……!)

あのとき満希は、自分から彼に「恋人同士だったりします?」と聞いた。啓吾は明らかに驚いていたものの、おろおろする満希を安心させようと嘘をついたのだ。いや、本当は嘘すらついていない。

啓吾は自分から満希を「恋人だ」とは言わなかった。「みつくんが受け入れてくれるなら、これからそう扱うけど。……いいの？」と返し、満希が喜んで頷いたから恋人のふりをしてくれるようになっただけ。

もう転がり回るどころか座っているのでさえつらいほど気力がない。正直、このまま床に沈んで埋まってこの世から消えてしまいたい。

だって啓吾が恋人のふりをしてくれた理由は、病室で言われたことと、彼のやさしい性格を考えたら簡単にわかる。

『記憶喪失なんてすごく不安だと思うけど、みつくんには俺がいるから。恋人なんだから遠慮したら駄目だよ？　怖いことや不安なことはぜんぶ俺に言って、好きなだけ甘えて、ワガママ言って。なんでも頼ってくれていいから』

——恋人だから、遠慮しないで。なんでも頼って。

そんな風に言ってもらえて、あのとき満希は本当にほっとした。

もし啓吾に恋人じゃないと訂正されていたら、誤解したことが恥ずかしすぎて彼に対して普通の態度はとれなくなっていたと思う。あんなにすぐに啓吾を受け入れることはできなかっただろうし、一緒に家に帰るのにも抵抗感があったはず。

だけど啓吾は誤解に付き合ってくれた。縋《すが》る手をふりほどいたりせずに、満希の不安をやわらげるために恋人のふりをしてくれた。

記憶のうえでは初対面だったけれど、啓吾に対する気持ちが無意識下にあったせいで満希は最初から彼といたいと感じていた。そんな彼に自分は満希の恋人だと、頼っていいと言ってもらえたおかげで、記憶を失った動揺や不安に耐えることができたのだ。

(啓吾さん、やさしすぎるし……!)

本当なら彼は満希のおかしな誤解を正し、実家に帰すだけでよかった。そうすれば記憶のない同居人をあれこれ気遣いながら面倒をみる必要もなくて、同性相手に恋人のふりをしなくてもすんだ。

バスルームのことも、いま思うと啓吾を好きな気持ちが作用してきっと体が反応してしまったのだ。啓吾は自分のさわり方のせいだと責任を負ってくれたけれど、絶対そんなわけない。彼にとって満希は本当は恋人じゃなく、友達——克希の弟で、ただのルームシェアの相手なのだから。

兄の名前から、芋《いも》づる式に神社で馴れ初めについて聞いたときのことを思い出す。

「あああ、恥ずか死ぬ……!」

あのとき啓吾ははぐらかしたんじゃない。そもそも付き合ってもいないのだから馴れ初めなんかないのだ。語りようがないじゃないか。

適当な嘘でごまかさなかったのは、啓吾の誠実さだ。ありがたいけれど、記憶を取り戻してみたら彼と自分を恋人同士だと信じてやらかしたあれやこれやがもう本当にいたたまれない。我ながら痛すぎる。

（ていうか啓吾さん、恋人っぽい雰囲気出すのうますぎだし……！）

眼差しとか、何気ない仕草とか、甘い声とか、思わせぶりな言葉とか。

記憶がなかったのを差し引いても、あの態度は満希が信じてしまっても仕方がないと思う。経験豊富だからか。

（そういえば、大沢《おおさわ》さんたちにも「たちが悪い」って言われてたな……）

つまりは天然ものだ。天然タラシが恋人のふりをしたらあんなことになるのだ。なんておそろしい。うっかり前より好きにさせられている。……ふりだとわかっていても、「恋人の啓吾」を失うのを惜しいと思ってしまうくらいに。

そうして満希は、重大な事実に気づいてしまった。

（え、ちょっと待って、僕、啓吾さんのこと好きっていうのがバレた状態でこれからも一緒に暮らすの……!?　いやいやいや、そんなの絶対無理！）

とっさに立ち上がったものの、床に縫《ぬ》い留《と》められたように足は動かなかった。

逃げたいけれど、実家に帰ったところですぐ見つかるだろうし、友人宅に匿《かくま》ってもらったとしても「記憶喪失」の満希が行方不明になったという大事件になる。しかも、どうして逃げ出したのか聞かれたら「記憶が戻ったら啓吾さんに合わせる顔がなかった」と白状しないといけないし、その理由をさらに突っ込んで聞かれたら最悪だ。

危なかった、その場のノリで逃亡したらアウトだった……と内心で額の汗を拭《ぬぐ》いつつ、再びソファに腰をおろしたところでドアが開いた。

「お待たせ、みつくん」

「ひゃい……っ」

心臓と体がぴょんと飛び上がった。おおげさな反応に目を丸くした啓吾が、ふは、と笑う。

「みつくん、いま、本当にソファの上でジャンプしたねえ。オリオンより猫っぽかった」

楽しそうに笑いながら部屋を横切ってきた啓吾が隣に座る。

「待たせてごめんね」

「いえ……」

「俺がいなくて寂しかった？」

からかう口調なのにその声はどこか甘くて、落ち着きかけた鼓動がまた乱れる。

これは「恋人のふりをする啓吾」だ。でも、もういいと、記憶が戻ったからやさしい嘘で付き合ってくれなくていいと言わないといけない。そうしたら……。

（啓吾さん、どうするんだろう）

その場ですぐに以前のような態度——やさしくて面倒見のいいお兄さん——に戻るんだろうか。それとも、満希の恋心への本心をあらわにするだろうか。

ぞくっと背中が冷えた。

啓吾の本心を知るのが怖い。男のくせにと気持ち悪がられたらきっと死にたくなる。本気で嫌だったらお芝居でもやさしくできないんじゃないかとは思うものの、それは満希の祈りのような願いだ。本当のところは彼にしかわからない。

そう思ったら、記憶が戻ったと打ち明けるつもりの唇が違う言葉を勝手に紡いでいた。

「寂しかった、です……」

記憶喪失だった満希なら言いそうな、自分の心に正直な返事だ。でも、声にしたとたんに後悔した。これはめちゃくちゃ恥ずかしい。なんなら羞恥プレイといっても過言ではない。

ぶわーっと顔に血が上るのを感じて、満希はゆでダコ状態の顔を見られないようにとっさに両手で覆う。と、大きくため息をつかれてびくっとした。

「す、すみません、啓吾さんはお仕事しに行ってたのに……！」

「ああ、違うから。呆れたんじゃなくて、みつくんが可愛すぎて死にそうになってただけ」

「はい……？」

やさしい手でくしゃりと髪を撫でられて、おずおずと少しだけ顔を上げたらひどく甘い眼差しに出会って心臓がひっくり返る。

「記憶がないなら、みつくんにとってここって初めての場所になるんだもんね。一人きりで残してごめんね。今日はもう離れないから」

「……っ」

髪を撫でていた手がごく自然に肩に回って、軽く抱き寄せられた。ひっくり返ったばかりの心臓がさらに大きく回転した気がする。というか、鼓動がやばい。心臓が壊れそうなくらいに鳴っていて、身動きすらままならない。

固まっている満希の髪に頬をつけて、くすりと啓吾が笑う。

「すごい……。みつくんがドキドキしてるの、俺にまで伝わってくる」

「す、すみま……」

「謝らないで。こんなことで謝られたら、可愛いにもほどがありすぎて我慢できなくなるから」

笑みを含んだ甘い声が髪をそよがせるけれど、もはや何を言われているかショート寸前の頭では理解不能だ。一刻も早く離してくれないと心臓への負荷が大きすぎて困るのに、好きな人の腕から逃げることもできない。

内心でパニック状態になっている満希を救ってくれたのは、優雅なるもふもふの君だった。

啓吾に対抗するように満希の脚に頭をすりつけて一声鳴く。

「オ、オリオンさんが……っ、だっこをご所望なので……っ」

「えー、恋人よりオリオン優先なの？　妬けちゃうなあ」

言いながらも、宮永不動産の序列では看板猫様が頂点に君臨しているのを認めている啓吾はゆるい拘束《こうそく》をほどいてくれる。ほっとしてとろけるもふもふを膝に抱き上げ、感謝の気持ちもこめて丁寧に撫でていたら視線を感じた。

「何か……？」

じっと見つめてくる啓吾に戸惑いながらも聞くと、にこりと笑みが返る。

「なんでもないよ」

「でも、めちゃくちゃ見てますよね」

「うん」

にこやかに肯定《こうてい》されたけれど、それ以上の説明はないし、視線もはずれない。オリオンを撫でる満希を飽《あ》きもせずに眺めている。

満希のそわそわを動物的感覚で感じ取ったのか、オリオンも落ち着かなげに身じろぎして、するんと膝から逃げだした。振り返りもせずにどこかへ行ってしまう。

「よし、じゃあ帰ろうか」

にっこりして立ち上がった啓吾はこうなるのを待っていたみたいだ。

「……もしかして、わざと凝視してました？」

「ん？　なんでそう思うの？」

聞き返しながらも、にやりと笑ったからきっと間違いない。無言の凝視で満希たちの居心地を悪くさせて、オリオンもふもふタイムの短縮を図ったのだ。涼しい顔してなんたる策士。

このまままっすぐ帰るのかと思いきや、「満希の好きな場所巡りデート」の締めくくりにする予定だったという『ＭＯＲＩ』での晩ごはんに誘われた。

道すがら、啓吾が『ＭＯＲＩ』について教えてくれる。ぜんぶ知っている内容だけれど、記憶が戻ったと打ち明ける勇気が出ない満希は無難《ぶなん》な相槌《あいづち》を打ってしまう。

(どうしよう、記憶が戻ったって言わないといけないのに……！)

内心でおろおろしているうちに店に着いてしまった。『ＭＯＲＩ』は夜の部をオープンしたばかりで、満希たちが一番乗りだ。

啓吾から「記憶喪失」を知らされた森見《もりみ》が痛ましそうな顔で心配してくれるのが申し訳なくて、本当のことが喉まで出かかったものの、あと一息を思い切れずにいるうちにドアベルが響いてお客さんが来てしまう。

「あれ、宮永さんと満希くんじゃないですか。俺より早いなんてどうしたんです？」

入って来たのは男前の常連、大沢だ。

「普通に晩ごはんに来たんだよ。ていうか大沢くん、本当に昼も夜もここに入り浸《びた》ってるよねえ。いくら森見のメシのファンっていっても、いい加減に飽きないの？」

「全然。むしろ作ってもらえるなら三百六十五日、朝昼晩食べたいです」

「プロポーズだ」

「はい、しかも本気です」

笑ってからかう啓吾に大沢はにっこり返す。ノリのいい人だなあ、と思った矢先、店長がオリーブオイルの瓶を倒した。あわあわと謝る彼の顔が心なしか赤い。

「す、すみません、そそっかしくて……！」

「大沢くんが変なこと言うからだよね～」

「話ふってきたのは宮永さんでしょう。ていうか変なことなんか言ってませんし」

しれっと返して店長を心配する大沢は、さすがにファンを自任しているだけある。

裏メニューの「お任せ」でオーダーしたところ、夏野菜たっぷりのパスタにカリカリのクルトンを散らした冷製コーンスープ、おまけの小鉢としてポテトサラダがついてきた。

パスタは魚介類の旨《うま》みを活《い》かした塩味ベースで夏にぴったりのさっぱりしたおいしさ、コーンスープはまろやかに甘い。人気のポテトサラダについては言わずもがなだ。舌鼓《したつづみ》を打っていたら、啓吾が店長に声をかけた。

「森見、悪いんだけど……」

「はいはい、これね」

店長が笑ってソースのボトルを啓吾の前に置く。大沢がこれ見よがしにため息をついたものの、「マイボトル持ってくるの忘れてたから助かる」と啓吾は涼しい顔でポテトサラダにソースをかけた。外野の反応に左右されないソース愛、ある意味すごい。

（あ、でも、僕が気にするからって少し控えてくれるようにはなったよね）

いまも、よく見たらポテトサラダにかけられたソースは前ほどたっぷりじゃない。自分の言葉を啓吾が大事にしてくれていることに胸がじんわりする。

無意識に唇をほころばせて見ていたら、啓吾が少し戸惑った顔になった。

「……使う？」

ソースのボトルを差し出された。迷ったものの、以前啓吾に勧められてマフィンのソースがけにトライしてみたら案外おいしかった。試してみるのもアリかもしれない。

「じゃあ、少しだけ」

受け取ったら、啓吾が目を見開いた。しかしそれ以上のリアクションを見せたのは大沢だ。

「満希くんがソース魔人に洗脳されてる……！」

「ちょっと悠くん、洗脳は言いすぎ。けっこういるんだよ、ポテサラにソースかけたい人」

「ありえない……、この至高のポテサラを黒い液体で汚すなんて……っ」

「大沢くん、森見のメシが好きすぎてちょっとやばい人になってるね？」

苦笑する啓吾に、大沢はいかにこのポテトサラダが素晴らしいか熱弁をふるい始めた。それは満希の暴挙を止めたいからだろうと察しつつ、聞こえないふりで無垢《むく》なるポテトサラダに数滴の黒い液体を落とす。ひとくちぶんのチャレンジだ。

ソースの香りとスパイシーな味によって、ポテトサラダは完全に別の味わいになっていた。

「合わなくはないですけど、僕はそのままのが好きです」と素直な感想を述べると、啓吾は「そっか」とすんなり受け止め、「よかった、満希くんが洗脳から帰ってきた……！」と大沢がおおげさに喜んだ。店長は苦笑しながらもちょっぴりうれしそうな顔。

アットホームな空間、おいしい食事で心も胃も満たされて店を出て、星がきらめく中を帰路についた。

「おいしかったねえ」

「はい。おなかぱんぱんです」

「どれどれ」

「さ、さわったらダメです……っ、破裂するんで！」

恥ずかしさをごまかすためにおおげさな言い訳をしておなかに伸びてきた手から逃げると、

「えー、それは困るなあ」と噴き出した啓吾があきらめてくれてほっとする。直後、するりと手をつながれた。

「ま、また、啓吾さん……っ」

「だって俺の手、行き場をなくしてたからさー。可哀想《かわいそう》だからかまってやって」

まるで手だけが独立しているような言い草だけれど、もれなく長身で男前の本体がついてくる。つまり、夜道とはいえ男同士で手をつないで歩いて帰ることになるのだ。

「……啓吾さん、手をつなぐの好きすぎませんか」

「そうでもないよ」

「これは？」

「みつくんだから」

さらりとそんなことを言ってのける。これだから天然タラシは……と内心で嘆息するのに、つないでいる手を楽しげに揺らしながら啓吾はさらに満希の鼓動を乱した。

「もともと手をつながれるのって、所有のアピールされてるみたいであんまり好きじゃなかったんだよね。でも、みつくんは別。手でいいからずっとさわっていたいし、見えないところに逃げていかないようにつないでいたい感じ」

「……すごいこと言いますね」

「うん、俺も言っててちょっと恥ずかしくなった。みつくんのこと好きすぎるよねえ」

照れ笑いする啓吾の横顔を見上げて胸が苦しくなる。

恋人のふりをしてくれている彼の言葉が、ぜんぶ本気だったらいいのに。

でも、本気だったらうれしすぎてきっと心臓が止まってしまう。いまでさえ壊れそうなくらい鳴っているのに、本当に両想いになったらどうなることか。

（あ、でも、いまなら両想いになれる……）

恋人のふりをしている啓吾なら、満希の気持ちを絶対に否定しないで受け入れてくれる。嘘とはいえ、両想いの時間をすごせる。

そのことに気づいたら、記憶が戻ったと明かす前に一度でいいから自分の気持ちを伝えてみたくなった。

鼓動が速まるのを感じながらも、満希は心からの言葉をそっと口にする。

「僕だって、啓吾さんが大好きです」

小声で言い終えるなり、頭上で魂《たましい》まで抜け出てしまいそうな大きなため息をつかれてびくりとした。おそるおそる見上げると、啓吾は例によって口許を片手で覆っている。

「もうねー……、手をつなぐだけで我慢してる俺えらくない？」

「は……？」

「いやまあ俺の方が大人だし、人通りがあるところで抱きしめたりしないのは当たり前っていえばそうなんだけど、この可愛い爆弾に耐えてるの我ながらえらいと思うんだよね。あとどれくらい耐えられるか全然自信ないけど」

「あの……？」

戸惑う満希をちらりと見て、またため息をつく。それからようやく顔から手を離した。

「恋人の可愛いがすぎる場合、みんなどうしてるんだと思う？」

「啓吾さん、しっかりしてください」

「うん、俺も自分にしっかりしろって言いたい。こんなので今夜を乗り切れるのか我ながら不安」

真顔でそんなことを言われてもどうしたらいいのか。反応に困っている満希と手をつないだまま、ゆったりした足取りで歩きだした啓吾が夜空を見上げて呟く。

「これからどうなるんだろうね、俺たち」

そんなの、満希の方こそ知りたい。今日は打ち明けるタイミングを逃してしまったけれど、明日の朝には啓吾に記憶が戻ったことを告げる予定なのだから。

先のことを考えると不安が増す一方だ。このままだとせっかく好きな人といる時間なのに沈んだ気分になりそうで、満希は話題を変えるべく明るい口調で言った。

「『ＭＯＲＩ』の店長さんと大沢さん、ほんとに仲よしですよね」

「ああ……、あの二人は付き合ってるからね」

さらりとした爆弾発言。目を丸くする満希に啓吾が苦笑する。

「そんなに驚く？　みつくんだって俺と付き合ってるのに」

「あっ、えっと、そうなんですけど……、身近に、同性カップルっていなかったので……」

「わざわざ言わないもんねえ。明かした方が面倒なことが多いし」

啓吾も最初は「やたらと仲がいいな」と思っていただけだったものの、大沢から「引っ越そうと思ってるんですが」と広めの物件――キッチンにやけにこだわっている――の相談を受けてピンときたのだという。

「あれ、俺に対する牽制《けんせい》でもあったと思うんだよね～」

くすくす笑っている啓吾は友人の恋人が同性だろうとまったく気にしていない。

でも、彼はそんな人だ。不動産屋にはあらゆる境遇の人がやってきて、その中には同性カップルもいる。業者によっては同性カップルを拒《こば》むところもあるけれど、啓吾は誰に対してもフェアだ。宮永不動産に「性別や年齢、国籍による差別をしない」というモットーがあるとはいえ、その態度の変わらなさに満希は常々感心《つねづね》していた。差別をするつもりなんかなくても、これまで身近にいなかったタイプの人だと満希は少し身構えてしまうこともあるから。

フラットで鷹揚な啓吾だからこそ、同性の満希の「恋人」のふりをすることも受け入れてくれたのだと改めて納得する。でも、拒絶しないことと恋愛対象にできるかどうかというのはまた別の問題だ。

(啓吾さんがどんなにやさしくても、誤解しないようにしないと)

明日、真実を告げるまでの恋人のふりとはいえ、つないだ手のぬくもりにすでに誤解しそうになっている自分に満希は内心で言い聞かせた。

家の近くまできたら、どこからかかすかな煙と火薬の匂い、きゃあきゃあと楽しそうな子どもたちの声が流れてきた。住宅街の一角が少し明るくなったり暗くなったりしていて、音も少し聞こえる。

「わあ、なつかしい……！　花火してますね」

子どものころは夏になるたびに楽しんでいたのに、いつからかしなくなった。啓吾もしみじみした表情で頷く。

「最近はあんな風に花火できるとこ、少なくなったよね。このへんは昔からの人が多いせいかご近所関係が寛容《かんよう》だけど、地域によっては公園でも自宅の庭でもアウトだもんねえ」

「えっ、自分ちの庭なのに……⁉」

「ほら、いまはすぐにクレームがくるから。煙を出すな、危ない、火薬の匂いが嫌い、とにかくうるさいからやめろ。公園だったら後片付けの問題もあるし」

公園での後片付けは当然としても、ささやかに自宅の庭で楽しむ花火さえクレーム対象になるのは満希には少なからずショックだった。しかも、最近の公園は花火を禁止しているところが多いから、そのうち手持ち花火を楽しむこと自体ができなくなるのかも。

それはすごく寂しいことだと思う。文化的、社会的に貧しいといってもいいかもしれない。

「日本は『他人に迷惑をかけない』ように教育されるっていうのが大きいんだろうけど、行き過ぎだと感じることも多いよね。『不寛容な社会』になったってよくいわれるけど、不寛容さは窮屈《きゅうくつ》さと比例するのに、他人にかけられる『迷惑』に過敏な人が増えたと思う。自分だけが許されるわけがないんだから、他人を拒絶したり攻撃したりして幸せになれる人って誰もいないんじゃないかなあ」

ため息混じりの啓吾の言葉は穏やかだけれど、声に苦さが滲《にじ》んでいる。人の暮らしに密接に関わる仕事を通じて思うところも多いのだろう。

事務所でクレームの電話をとったことがあるから、満希にもなんとなくわかる。世の中には本人無自覚で「自分の快適さ」しか考えられない人が案外いるのだ。

ちょっとしんみりしてしまったら、空気を変えるように啓吾が明るく言った。

「俺たちも花火、してみよっか」

「え」

「いまのとこせっかく庭付きだし、ご近所さんもうるさくないし。いいチャンスじゃない？」

「そうですね……！」

いつにしようか、と日程の相談をしながら残りの帰路をたどり、八月末の土曜日でまとまる。

「今夜も一緒に入る？」

にっこり笑顔で啓吾に誘われたのはお風呂だ。生ぬるい空気の夏の夜の散歩で少し汗ばんでしまったものの、ぶんぶんかぶりを振った。勘違いしていたゆうべでも恥ずかしかったのに、現実を思い出した身にはありえない提案だ。

「いえ、一人で入ります！　もう手もあんまり痛くないですし」

「遠慮しないで」

「ゆっくり入りたいんです……！」

拒む口調が強くなってしまったかと心配したものの、「残念、フラれちゃった」と軽やかに笑って受け入れる啓吾にほっとする。

（ていうか、啓吾さんにゆうべみたいな迷惑はかけられないし……！）

思い出すと全身を羞恥の炎で炙《あぶ》られる。

やさしい彼の親切な申し出に甘えすぎたらダメだ、やればできる、と自分に言い聞かせての入浴は、右手親指が使えないと多少不便だったものの、着替えも含めてなんとかオールクリアできた。よし、やっぱりやればできるものだ。

ＬＤＫはエアコンがきいていて湯上がりのほてった肌に気持ちよかった。

「麦茶飲む？」

「あ、はい。ありがとうございます」

啓吾が渡してくれた麦茶で水分補給をしていたら、「ちょっと移動しようねー」と両肩に手を置いた彼にリビングへと押される。戸惑いながらも素直に歩き、誘導に従ってソファに腰掛けたら、彼がドライヤーを取り出してきた。

「まさか……」

ゆうべのことを思い出してはっとした満希ににっこりして、「前向いて」と端的に指示を出した啓吾が今夜も髪を乾かしてくれる。問答無用で面倒見がよすぎる。

丁寧な手でさらさらと髪を乾かしながら、啓吾が何気ない口調で聞いてくる。

「先に寝てていいけど、どこで寝たい？　今夜も俺のとこでいい？」

「いえ……っ、今夜は自分の部屋で寝ます」

「俺と一緒は嫌だった……？」

少ししゅんとした顔で聞かれたら、かぶりを振るしかない。

「全然嫌じゃないですけど、その、同じ布団だと……暑いですし！」

それらしい理由をひねり出したら、思いがけない切り返しを受けた。

「エアコンの設定温度下げよっか」

「エコじゃないです」

「ちぇー」

唇をとがらせた啓吾は年上なのにすね方が子どもみたいでちょっと可愛い。というか、そんなに同衾したいと思ってくれているのだろうか。

（いやいやいや、違うって！　啓吾さんは恋人のふりをしてくれているだけだから……！）

慌てて自分の浮かれた思考を訂正する。

啓吾がお風呂に向かうのを見送ってから、満希はそそくさと自室に引っこんだ。恋人のふりしてくれている彼にまた同衾の誘いをさせなくてすむように。

とはいえ、「おやすみなさい」も言わずに自室に戻ったのは「恋人」失格な気がする。

少し迷ったものの、啓吾が入浴しているいまのうちに、と急いでＬＤＫに戻った。グラスに麦茶を満たして、お風呂あがりの彼にすぐ気づいてもらえるようにキッチンカウンターに置いた。それだけだと置き忘れに見えるかもしれないから、メモもつける。内容を迷っているうちに遠くでバスルームのドアが開閉する音が聞こえて、慌てて「おやすみなさい」と一言だけ記してグラスの脇に置き、ダッシュで自室に戻った。

ドキドキしている満希の部屋の前を、啓吾のゆったりした足音が通り過ぎる。すぐにスマホにメッセージが届いた。

『麦茶ありがとう。おやすみ』

続けて投げキッスのスタンプも届いて、頬がゆるむ。自分からも『おやすみなさい』と返して、少し迷ってから投げキッスのスタンプも送った。照れくささにジタバタしたくなる一方、幸せな気分に満たされる。

——だけど、これで「恋人」終了だ。

残念さと安堵が入り混じった息をついて、ベッドにもぐりこんだ。

(……明日、話そう)

目が覚めたら記憶が戻っていました、と言えば恋人ごっこは終わりだ。記憶喪失の間の記憶はなくしたことにすれば、そこまで気まずい思いをしなくてすむはず。

(もうちょっとだけ、啓吾さんの恋人でいたかったな)

やさしくて悪戯好きな恋人に甘やかされ、からかわれ、照れくさくてたまらなくなる言葉のやりとりをしていたかった。なんなら、もっとエッチなことも……してみたかったなんて絶対に秘密だけど。

同性なのに、満希のために恋人のふりをしてくれた啓吾には感謝しかない。

今回のことで彼に自分の恋心はバレてしまったものの、全部忘れてしまったことにして、無理やりにでも以前と同じ態度を貫こう、と目を閉じて満希は誓《ちか》う。

そうするしか、気まずくならずにすむ方法はないのだから。

【5】


翌朝、緊張の面持ちでＬＤＫのドアを開けた満希《みつき》を出迎えたのはおいしい香りだ。

「あ、おはようみつくん」

キッチンでフライパンを片手に啓吾《けいご》がにっこりする。

「おはようございます。すみません、遅くなって……」

「いやいや。いつもどおりでしょ？　俺が早く目が覚めただけ。こっちおいで」

手招かれて近づくと、香ばしく、食欲をそそるスパイシーな香りが強くなる。

「焼きそば……？」

「惜しい。そばめし。知ってる？」

「聞いたことはあるような……」

「焼きそば入りチャーハンみたいなもん。うまいよ」

「相変わらずソース魔人ですねえ」

「大沢《おおさわ》くんのネーミング採用すんのはやめて」

苦笑しながらも出来たてのそばめしを手際よく二人分の皿に盛り、半熟の目玉焼きをのっける。そうして、くるりと振り返るなり両腕を満希に向かって広げた。

「……えっと？」

「おはようのハグ希望」

「ハグ？」

「ハグ。抱擁。要するにちょっとだっこさせてってことなんだけど」

「な、なんでですか……っ」

「あ、理由が必要？　じゃあ朝ごはんを作ったご褒美ってことでどうかな」

どうかなと言われても、返事のしようがない。とはいえ、こんなことで朝食を作ってくれた彼へのお礼になるのならもったいぶる方がおかしな反応のような気もする。

「じゃあ……、どうぞ」

おずおずと受け入れるなり、伸びてきた手で一瞬にして抱き寄せられた。

（ひゃあああああ！）

内心で叫ぶものの、なんとか声には出さない。心臓がバクバクする。満希をゆるく抱いた啓吾は頭上でほっとしたような吐息を漏らす。

「……みつくん、いいサイズ感だよねえ。俺にぴったり」

「そ、そうですか？」

「そうそう。みつくんはそう思わない？」

「え……っと、僕は、ほかの人とこんな風にくっついたことないので……」

わかんないです、とうつむいたら、満希の頭を抱えこんだ啓吾が大きく息をついた。

「あーもう……」

低く続いた言葉は「やばいかわいいいやばい」に聞こえたけれど、きっと聞き間違いだ。べつに可愛いことを言った覚えなんかないし、啓吾の日本語力がおかしいことになってしまう。

（ていうか、早く言わないと……！）

朝起きたら記憶が戻ってました。

二十文字にも満たないフレーズだ。でも、そのフレーズを告げたら啓吾との嘘の恋人関係は消えてなくなる。終わりの呪文。

言いたくないけれど、満希は意を決して口を開いた。

「あの……っ」

「あれ、もうこんな時間？」

よりにもよって同じタイミングで啓吾が時計を見てハグの腕をほどいた。「いま何か言った？」と聞かれたところで一度萎えた勇気はなかなか復活してくれず、かぶりを振る。

我ながら情けない。だけど、正直いってほっとしている。

（明日、言うことにしよう）

昨日と同じことを内心で呟いて、告白を先送りにする。そう、あと一日だけ。

ところが、翌日も、その翌日も、満希は終わりの呪文を口にできなかった。

啓吾との「恋人関係」を終わりにしたくない気持ちがあるせいなのは否《いな》めないけれど、毎朝出端《でばな》を挫《くじ》かれてしまうのだ。

先に起きて朝食を作っている啓吾に「これちょっと味見して」とか「袖落ちてきちゃったからまくって」などと言われて従っているうちに「朝のハグ」をされてしまう。もはやあれが毎日の恒例《こうれい》になってしまった。

それなら自分が先に起きよう、とこれまでより一時間早くアラームをセットして、まだ少し痛みが残っているせいで不器用な手も駆使して時間をかけて朝食を作り、啓吾が起きてくるのを待っていたら、ＬＤＫのドアを開けるなりぱあっと顔を輝かせた彼に「わ〜、朝からがんばってくれてありがとう」とやっぱりハグされてしまう。

ハグされたらもう満希の心が誘惑に負けてしまって、「明日でいいかなあ」とずるずる延期になっている。

よくも悪くも人間は慣れる生き物だ。

気づいたら満希は告白の延期に、啓吾のハグに、手つなぎに、くっつかれるのに慣れて、恋人扱いにも慣れてきた。ドキドキするのは相変わらずだけれど、前ほど緊張せずに「恋人返し」ができる。一緒にいてもリラックスできる。我ながら成長だ。

（いや、成長っていったらいけないけど……！）

そもそも啓吾は恋人のふりをしてくれているだけだ。

ちゃんとわかっているのにもかかわらず、彼の態度があまりにも真に迫っているせいで満希はときどき期待してしまう。

（啓吾さんが、本当に僕のこと好きになってくれてたりしないのかなあ）

弟のような存在としてじゃなく、恋愛対象として。

甘い声や眼差し、触れてくる手のやさしさ、日々伝えられる好意の言葉をそのまま信じたくなるけれど、信じたらいけないのもわかっている。

（だって啓吾さん、「恋人」って言いながら絶対キスしようとしないもんね……）

年齢イコール恋人いない歴の満希だけれど、これはキスのタイミングだろう、というのは案外本能的にわかるものだというのを恋人ごっこの間に知った。

「朝のハグ」でふと目を上げたら、視線が絡んで吸い寄せられそうになったとき。

リビングで背中から抱かれてテレビを見ている最中に、番組の内容について話したくて振り返ったらすぐ近くに顔があって、あと少しで唇が触れそうになったとき。

料理中の味見で唇の端についたトマトソースを舐《な》めているのを啓吾に見られたとき。

一瞬、不思議な緊張を孕《はら》んだ空気が流れて、何かを予感したかのように全身が落ち着かなくなる。だけどそれは満希だけが感じているみたいで、啓吾はいつも涼しい顔で元の空気を二人の間に取り戻してしまう。

(さわりっこのときも、キスしなかったくらいだもんね)

しかもあれ以降、色っぽい展開は皆無《かいむ》だ。

満希が一緒にお風呂に入るのも同衾も拒《こば》んだからには展開のしようがなくて当然とはいえ、それでも、ここまで綺麗さっぱり何もないのは彼に手出しする気がない表れだと思う。

もし少しでも本気になっていたら、啓吾のことだからにっこり笑顔でキスをねだり、彼に弱い満希から唇のひとつやふたつ――唇は上下セットでひとつだけれど――とっくにもらっているはずだ。

でも、求められていない。

そのことが満希に冷静さを取り戻させてくれる。ちゃんと現実を見ることができる。

それでも「恋人」のふりをしてくれる好きな人との生活は幸せなことばかりで、告白のタイミングを先延ばしにしているうちに生活サイクルが定まってきた。

お互いにとって暮らしやすい家事分担、タイムスケジュールは、以前と同じ部分もあれば違う部分もある。特に違う部分は料理だ。

同居を始めて以来満希が一手に担《にな》っていたけれど、いまは一緒にキッチンに立つことが多い。

(啓吾さん、本当は料理できたのに黙ってたんだもんなー)

でも、彼を責める気にはなれない。満希の頑張りが透けて見えていたようなことを言っていたから、啓吾はきっと手慣れたふりをしたがる満希に恥をかかせないように黙っていたに違いないのだ。やさしすぎる。

いまだって、やさしすぎるせいで彼は満希の恋人のふりをしてくれている。まるで本物の恋人みたいに満希を甘やかして、からかい混じりに甘えて、大事にしてくれる。

申し訳ないのに、好きになる一方だ。

「好き」が増すほど終わりの呪文を口にするときを先送りしたくなってしまう。

(せめて、夏休みの間だけでも……)

気づけば満希は、自分にそんな猶予《ゆうよ》を与えていた。

大学はちょうど夏季休暇中、後期最初の講義は九月の第二火曜日にある。ギリギリまで粘れば二ヵ月近く啓吾に「恋人」扱いしてもらえるのだ。

(僕ってこんなにずるかったんだな……)

自己嫌悪に陥るものの、恋心の方が強い。というか、好きな人の「恋人」でいられる誘惑に逆らえる大学生がいるだろうか。いるなら会ってみたい。爪《つめ》の垢《あか》を煎《せん》じて飲ませてもらいたいと本気で思う。

普通の大学生の満希は誘惑に勝てず、啓吾に真実を隠している申し訳なさと、好きな人と恋人っぽくしていられる喜びを毎日味わっている。

宮永《みやなが》不動産でのバイトも再開した。啓吾は心配そうだったけれど、千佳子《ちかこ》が「記憶がなくても頭はしっかりしてるんだし、体も元気で本人が希望するんなら働いてもらいましょ」と受け入れてくれた。実際、記憶はとっくに戻っているから家でエアコンをかけてぐうたら暇を持て余している方が申し訳ない。バイトで稼《かせ》ぎつつ啓吾たちの役に立てるのはやり甲斐《がい》があるし、生活にメリハリもでる。

それに、終業のタイミングによっては啓吾と一緒に帰れる。じつはそれも楽しみだ。

帰りがけに少し遠回りして例のレトロな商店街に寄って、あれこれ相談しながら食材や日用品を買う。そしてちょっとした買い食いをするのだ。

その日の腹具合や気分で青果店の隣で販売されているフレッシュジュースだったり、精肉店特製の揚《あ》げたてコロッケだったり、和菓子舗《ほ》の串団子《くしだんご》だったり、昔ながらのパン屋のチョコロネだったり。ときには商店街から少し離れたところにある、外観はあやしげなのに味は絶品のたこ焼きをおやつとしてではなく夕飯として買って帰る日もある。

啓吾と「本日の買い食い」は何がいいかで悩むのも、お互いに譲《ゆず》れずにジャンケンで決めるのも、違う味を頼んで半分こするのもぜんぶ楽しい。

幸せな日々は瞬《また》く間にすぎて、一ヵ月が経過してしまった。

八月も半ばを過ぎ、スマホのカレンダーを眺めて満希はため息をつく。

夏季休暇中のおよそ二ヵ月。それだけあれば思い出作りには十分だろうと思っていたのに、全然違った。残り日数が減ってゆくことが寂しくてならない。

でも、嘘をつき続けるわけにはいかないのもわかっている。

終わりが近いとわかっているからこそ、一緒にいられる時間のすべてが宝物だ。つまらない意地なんか張っていられないし、恥ずかしがってチャンスを無駄にするなんてもってのほか。だからこそ満希は自分にも啓吾にも素直でいるようにがんばった。

結果、啓吾の恋人っぷりがどんどん増して、ときどき夢でもみてるんじゃないか、と頬をつねりたくなるくらいにラブラブな恋人同士になってしまった。もちろん啓吾が「ふり」をしているのはわかっているけれど、ある意味、ひそかに満希が理想としていた幸せな関係が完成されてしまったのだ。

(色っぽいことはなんにもないけどね)

それでも、毎日が幸せだ。

小さな缶入りの美しい琥珀糖《こはくとう》を一個ずつ大事に味わうように、満希は夏の一日を愛《いと》しくすごす。残りがどれくらいあるか、何度も何度も数えながら。


それなのに、貴重な同居生活の終わりを早める事態が発生した。——啓吾と満希が管理を兼ねて住んでいるいまの家に、興味をもった夫婦が現れたのだ。

いや、これまで半年近く現れなかったのが奇跡のようなものだった。不動産屋としては喜ぶべきお客様だ。築浅の庭付き一戸建てで和室もある平屋、立地も間取りも条件ぴったりで、夫妻はその日のうちに内見することになった。案内を担当する啓吾に管理人の片割れとして満希も同行する。

手ごたえはよかった——よすぎた。

「わたし、ここすごい気に入っちゃった！　決めない？」

「たしかにいいとこだけど、一応ほかも見た方がいいって」

乗り気な奥さんを旦那さんが止めてくれて、満希は内心でほっとする。

夫妻がこの家を買うことにしたら強制的に自分たちの同居は解消される。終わりのときは自分で決められるつもりでいたけれど、必ずしもそうじゃなかった。

「もう少し考えてみてもいいですか」

「もちろんです。大きな買い物ですからね。先ほどご紹介した家にも行ってみますか」

啓吾がほかの候補物件をタブレットで改めて見せて、顧客の希望があったところへ続けて案内する。全部で四つの物件を見て回り、最終的に夫妻がいったん持ち帰って相談することになった。

奥さんは最初の物件——啓吾と満希が管理している家——に未練たっぷりで、事務所をあとにする前に啓吾にこっそり頼んできた。

「あれ、キープしててもらえます？」

「気に入っていただけてよかったです。ではお客様のために一週間は保留にさせていただきますが、それ以上はお待ちできませんのでご了承ください」

にこやかに相手の希望を受け入れつつリミットを切る啓吾が口にしているのは、契約の猶予とプレッシャーを与える決まり文句だ。わかっていても、「そんなに急《せ》かすようなこと言わなくていいのに……」と満希ははらはらする。

とはいえ、同居が解消されたところで啓吾はつらくもなんともないのだ。むしろ同居しているせいで帰宅しても満希の恋人のふりをしないといけなかったのが、住居が分かれたら解放される。喜ばしいことなのだ。

そう気づいたら、すっかり落ち込んでしまった。

なんとか営業用スマイルを顔にはりつけて夫妻を見送ったあと、小さく息をついて事務所に戻ろうとしたら啓吾に引き留められた。

「みつくん、なんか沈んでる？」

「え……っ、そんなことないです」

「そんなことあるように見えるから聞いてるんだよ。もしかして、プライベートな空間に他人が上がりこんでじろじろ見られるのが嫌だった？」

思いがけない問いに目を瞬く。

「いいえ、ルームシェアの話が出たときに『内見希望者がいたら即見せられる状態で住むこと』っていう条件は聞いていたので、とうとうきたかーって思いましたけど、そこはべつに。

むしろ、ちゃんと綺麗に住めていたかの方が気になりました」

「その点は大丈夫。みつくん整理整頓が上手だし、掃除も丁寧だよね。社長も褒めてた。みつくんがバイトで入ってくれて、どこに何があるかわかりやすく、見た日も綺麗になったって」

「よかったです」

安堵する満希に、啓吾が思案げに少し目を細める。

「内見が嫌だったんじゃないなら、何が原因かなあ」

「ですから、べつに沈んでないですし……」

「そっか……、俺はまだ恋人に頼ってもらえるほどの信頼を勝ち得てないのか」

「な、なに言ってるんですか」

「ん？　ひとりごと。大好きな子がどう見てもしょんぼりしてるのがめちゃくちゃ気になって聞いてみたのに、なんでもないって言われてしまう自分の不甲斐なさを噛みしめてる」

「噛みしめなくていいですから……！　ほんとに、たいしたことじゃないので！」

「たいしたことかどうかは俺が決めていい？　教えて、みつくん」

にっこり、啓吾が甘い声でねだる。これは明らかに勝利の笑みだ。「沈んでない」と言っていた満希が「たいしたことじゃない」と言い換えたことで、沈んでいたのを認めたも同然なのだから。

「もうほんと、啓吾さんって……！」

「なに？　大好きって？」

しゃあしゃあと言ってのけられて目を丸くしたあと、噴き出してしまう。困ったことに彼のこういう厚顔なユーモアが満希は嫌いじゃないのだ。むしろ。

「……そうですよ、大好きです」

「ちょ……っ、不意打ちで可愛い爆弾投下するのやめて。仕事できない顔になるから！」

おおげさな反応に思わず笑ってしまう。

「啓吾さんが自分で聞いてきたのに」

「そうだけど、あの流れでそう返してくれるって思わなかったからさー」

「すみません……？」

「いや、謝らなくていいやつ。むしろありがとう。そんなみつくんが俺も大好きだよ」

本当に、どうして彼はこんなにさらっと甘い言葉を言えてしまうのだろう。毎回ちょっとかまえてから言ってしまう自分とは大違いだ。

（まあ、本気じゃないからなんだろうけど……）

いつものように自分に現実を思い出させて、真に受けないようにする。まだ胸はドキドキしているけれど、好きな人にお芝居でも「大好き」と言われたのだからこれは仕方ない。

「それで、何があったの？」

ふざけたり甘い言葉を言ったりしてこっちの気分を上げてから、きっちり聞きたいところへと話を戻してくるのはさすがやり手のビジネスマンだ。

少し迷ったものの、どうせ逃げきれないと観念して満希は口を割った。

「僕たちがいま管理して住んでいる家の売買契約が成立したら、啓吾さんとのルームシェアも解消されるんだなあって気づいて寂しくなっただけです」

「え、解消するの？」

意外な反応にこっちが戸惑う。

「だって、最初の話では僕がちょうどいい物件を見つけるまでの短期的なルームシェアって話でしたし、いまもまだ一緒に住んでる時点で本当はおかしいですし」

「……おかしくないよ。だって俺たち、ただの同居人じゃなくて恋人になったわけでしょう」

不自然な間があってからの返事は、「恋人のふり」をしている立場としてどう答えるか迷ったからだろう。それでも啓吾は、いつだって甘い言葉だけをくれる。

だからこそ、ずっと縛《しば》りつけているわけにはいかない。

（せっかく不動産屋さんでバイトしてるんだし、もっと本腰を入れて次の部屋を探そう）

これまでも一人暮らし用物件のチェックはしてきた。でも、啓吾のところを出て行きたくなくて何かと理由をつけては却下《きゃっか》しているうちに、それらはすぐに埋まってしまった。

だけどこれからは、ハードルを下げて本気で引っ越し先を探すのだ。

その気持ちをさらに強固にしたのが、啓吾の母親の千佳子とお客さんのおしゃべりだった。

「うちの啓吾もいつまでたっても結婚する気がないみたいで……」

応接コーナーにお茶出しにきた満希は、漏れ聞こえてきた千佳子の笑いながらの発言に内心で息を呑む。動揺を押し隠してテーブルに氷入りの冷たい緑茶とお菓子を置きながらも、耳はつい会話に集中した。

千佳子のおしゃべりの相手は宮永家のご近所さんで、マンションや駐車場をいくつも所有している七十代の話好きな女性だ。物件管理の相談と称してたびたび手土産《てみやげ》持参で遊びにくる彼女が孫と愛犬にぞっこんなのは宮永不動産のスタッフ全員が知っている。

きらびやかな指輪をいくつもはめたふくよかな手を口許において夫人が眉をひそめた。

「あぁら、啓ちゃんもうすぐ三十じゃなかった？　そろそろ身を固めて早く孫の顔を見せてほしいわねえ」

「そうですわねえ。でもまあ、うちのためにバリバリ働いてくれてますので」

「なんだったらあたくし、どなたか紹介しましょうか」

身を乗り出す夫人に満希は内心で青くなる。社長が頷いたりしませんように……と祈るような気持ちでいたら、ありがたいことに願いは通じた。

「いいえ～、せっかくですけど、あの子ったらまだ仕事の方が楽しいみたいで。それに我が子のことをこう言ってはなんですけど、モテないわけじゃないんですよ～」

「そうよねえ、啓ちゃん、とってもやさしくて格好いいですものね。あたくしがあと五十年若かったら立候補したかったわあ」

「あら、そうしたら可愛いお孫さんたちに会えませんわよ」

「それは嫌ねえ。でも啓ちゃんの子どもなら綺麗でしょうし、早く結婚してほしいわねえ」

「話が戻りましたわねえ」

楽しそうな千佳子の笑い声の中、満希はそっと会釈《えしゃく》をして応接コーナーをあとにする。トレイを給湯室に置いたら、深いため息が出た。

(そうだよね……、啓吾さん、僕の恋人のふりなんかしている場合じゃないんだ)

十歳年上の彼は現在二十八歳、男盛りだ。満希とルームシェアをするタイミングではたまたま恋人がいなかっただけで、もともとすごくモテる。

端整な甘い顔立ちで、スタイル抜群のあの長身で、性格もやさしくて朗らかで天然タラシ。学生時代は彼女が途切れたことがなかった。子どもながらに啓吾にひそかな片想いをしていた満希は彼にすぐに新しい彼女ができることで悲しい思いをしていたから、よく覚えている。

そんな啓吾が、満希とルームシェアを始めてから誰とも付き合っていない。これは彼にとって異常事態だ。

(だから……、バスルームで、僕なんかとあんなことになっちゃったんだ)

ようやく満希は納得する。

きっと啓吾は溜まっていたのだ。そうじゃなかったら同性の裸を見たりさわったりしたくらいで勃つわけがない。人肌が恋しいタイミングでたまたま満希がそこにいただけ。

だからこそ、あのあとは何もない。啓吾にとってあれはイレギュラーな事態で、何度もしたいことじゃないからだ。

恋人のふりをしてくれている啓吾があまりにも甘くてやさしいから、気をつけていたつもりだったのにどこかで期待してしまっていた。

でも、同性に興味のない相手に勝手に期待して、そのやさしさに付け込んで自分に縛りつけているなんて最低だ。

啓吾は本当はフリーなのに、満希の恋人のふりをしてくれている間は恋愛ができないのだから。もちろん結婚もできないし、子どもだって言わずもがなだ。

啓吾の邪魔をしてはいけない。

ようやく、自分の恋心に惑わされずに彼の未来に目を向けることができた。

さっきの内見の夫婦に啓吾は一週間というタイムリミットを設《もう》けていたから、場合によっては数日中にルームシェアを解消する日が決まる。いざというときに満希の引っ越し先が決まっていればすんなり離れることができる。

一人暮らし用の物件を本気で探し始めて間もなく、例の夫婦が満希たちの管理している一軒家を購入する契約を正式に結んだ。

強制的に終わりのカウントダウンが始まったのだ。

現在住んでいる家を引き払うまでのスケジュールは、啓吾に教えてもらった。来月末に購入者にベストな状態でお渡しするために、自分たちは今月中に新居を決めてここを出る。現状で特にリノベーションが必要な箇所は見当たらないとはいえ、ハウスクリーニングをして、不備がないか最終チェックをする時間が必要だからだ。

「あと十日はあるし、荷物も多くないから余裕だよね」

十日で新居を探して荷造りして引っ越し、なんて普通なら相当ハードなのに、物件管理のために住まいを選び、年に何度も引っ越している啓吾は気楽なものだ。

でも、満希は違う。少しずつ、着実に準備を進める必要がある。

一人暮らし用の物件を探すかたわら、こっそり荷造りも始めた。

バイト先が不動産屋というのはこういうときありがたい。誰にも気づかれずに物件が探せるし、数を見ることで相場を知り、優良物件を見分ける目ができる。

三日後にはピックアップした候補物件の中から引っ越し先を決定した。といっても、大学生の満希が一人で勝手に家を借りることはできないから目星をつけただけだ。それでもなんだか心強かった。

一方、記憶喪失のふりを続けている限り満希は啓吾に一人暮らし用の部屋を探しているのを明かせない。だからこそ、完璧な「恋人」は次の家も満希と住む前提で物件の相談をしてくれる。そうしないと「恋人」として不自然だからだ。

啓吾が探す物件に影響が出るなら早めにルームシェア解消の予定を告げるべきかと思ったものの、考えてみればもともと彼は一人暮らし向きじゃない、部屋数の多い広い家に管理がてら仕事の一環として住むようにしている。満希がいようといまいとそこは変わらない。

たぶん、満希が今度はマンションがいいとか、キッチンが広い方がいいなどとリクエストすれば、それに合う候補を出してくれるのだろう。

だったらリクエストなんかしちゃいけない、と思えばこそ、啓吾が見繕《みつくろ》ってくれた次の物件への反応が難しかった。

「次はマンションもいいよね。一軒家は物音を気にしなくていいのがよかったけど、庭付きだと手入れがちょっと大変だし。ここ、ルーフバルコニーでベランピングもできるって」

「いいですね」

「こっちもお勧め。築年数はけっこうあるんだけどそのぶん広くて、一昨年リノベーションされたから中は綺麗だよ。外観もヴォーリズっぽくてレトロ感がロマンティックだよね」

「たしかに……。こっちも好きです」

どの物件にも賛成する満希に、啓吾が心配そうに眉根を寄せる。

「みつくん、本当は引っ越したくなかったりする？」

「えっ、そんなことないですけど……っ」

「でも、あんまり乗り気じゃなさそう」

顔色を読むのが得意な人というのは、こういうときに困る。

素敵な物件であればあるほど、そこに啓吾と一緒に住めないのがわかっているから満希はせつなくなってしまう。表情には出さないように、明るく笑っているように気をつけていても、もともと顔に出やすいせいで隠しきれていないのだろう。

内心で困りながらも、なんとか言い訳をひねり出した。

「たぶん僕、住むところにあんまりこだわりがないんだと思います。だから啓吾さんが気に入ったところにしてくれたら……」

「んー、じつは俺もそこまでこだわりってないんだよね。ひとつの物件に一年以上住むわけじゃないし」

「あ、そっか、そうですよね」

「あと、みつくんが一緒にいてくれたらどこでもいいっていうか」

さらりと付け足された甘い言葉に心臓が跳ねた。

恋人のふりをしてくれている啓吾の甘い言葉にはだいぶ慣れたつもりでいたけれど、不意打ちはやっぱりものすごい威力だ。じわじわと頬に血が上ってくるのを感じながらも、最後まで彼の「恋人」でいたい満希は目を伏せて本心を告白する。

「……僕だって、同じです。啓吾さんが一緒なら、家なんかどんなでも……」

でも、一緒にいてもらうわけにはいかないけれど。

ぎゅっと胸が痛くなって最後の方は声が出なくなってしまったけれど、言う必要もなかった。啓吾に抱き寄せられて、その硬い胸に顔をうずめる羽目になったから。ため息をついた啓吾になぜかくしゃくしゃと髪を撫で回される。

「啓吾さん……？」

「いや、そんなに真剣に返してもらえると、めちゃくちゃきゅんとくるよね。みつくん爆弾今日も絶好調だ」

「なに言ってるんですか」

思わず笑ってしまうのに、見上げた啓吾は真顔だ。どきりと胸が鳴る。

まるで逆らいようのない引力でもあるかのように、端整な顔が近づいてきた。胸の鼓動が速くなるのを感じながらじっと見上げているうちに、吐息が混じりあう。顔が近い。というか唇が近い。ものすごく。

（キス、される……？）

信じられない気持ちと、期待するような動悸と。ガチガチに固まってそのときを待っていたら、絡んだ視線で啓吾がふっと笑った。

こつん、とくっついたのはおでこだ。

「みつくんの目玉が落っこちそうで、ギリギリで我に返れた」

「え……？」

「なんでもない。ていうか、肩凝《こ》ってませんか、お客さん？」

緊張にこわばっている肩の力を押し流すように、大きな手で腕へとやさしくさすられる。淫《みだ》らさのない、いたわりだけを感じる仕草。

そのことに安堵と落胆を感じながらも、満希も調子を合わせた。

「このところパソコン作業が多かったので」

「そんなに？」

意外そうに返されて内心で焦る。パソコンをよく使っていたのは引っ越し先を探すためだった。我ながらうっかりしすぎている。

「い、いつもより少し多かっただけですけど、慣れないせいか肩にきたのかも、です」

「そっか。じゃあ宮永マッサージサービス、ご利用になります？」

言いながらすでに肩もみを始めている。実際はそんなに凝ってないから少しくすぐったい。

「一回いくらですか」

「そうですねえ、今回は初回サービスで無料にしときます。もう凝ってないみたいだし」

緊張がとけたことで肩もやわらかくなったのに啓吾も気づいたようだ。それでももみもみと悪戯まがいに両肩を揉まれてとうとう笑いながら満希は逃げようとする。

「まってまって啓吾さん、くすぐったい……っ」

「そういう反応されちゃうともっとしたくなるよねー」

楽しげな啓吾が本当に離してくれなくて、くすぐったさから逃げようと暴れているうちに笑いすぎて涙が出てくる。

「もう降参……っ」

「えー、ただのサービスだったのに」

やっと悪戯な手が止まったときには、ソファの下で背中からすっぽり抱かれている状態になっていた。テレビを見るときはよく啓吾にこうやってだっこされるけれど、密着具合に満希は毎回ドキドキしてしまう。しかも今日はテレビがついていないのに、肩にあごまでのせられてしまった。

「……ねえみつくん、俺に何か隠してることない？」

耳元で響いた大好きな低い声、内容、両方に心臓がひっくり返る。笑いすぎて乱れた息を整える間になんとか自分も立て直して、できるだけ何気ないふりで返そうとした。

「ないですっ、けど、どうして、そう思うんですか……っ？」

全然さりげなくなかった。我ながらつっかえすぎだ。ひっそりと耳元で啓吾が笑う。

「絶対なんかあるよね、いまの感じ」

「ない、です」

「ん、そっかそっか」

これはもう確信されてしまった。無意識に身をこわばらせると、なだめるようにくしゃりと髪を撫でられる。

「みつくんなりの考えがあって黙ってるんなら、教えてくれるまで待ってる」

「啓吾さん……」

年下の満希の気持ちもきちんと尊重してくれる、そういうところが昔から大好きで、いまも大好きで、胸が苦しくなる。

おなかに回っている彼の手に自分の手を重ねて、満希は心から返した。

「ちゃんと、そのときがきたら言います。でも、あと少しだけ待っていてください」

「うん。……ていうかみつくんさ、本当に引っ越し多いの嫌じゃない？」

「え……？」

急に戻った話題に戸惑って目を向けると、思っていた以上に近くで視線がぶつかった。どぎまぎする満希の肩になついたまま、啓吾がさらりと爆弾発言をかました。

「もしみつくんが嫌なら、引っ越さなくていいように仕事ついでの管理物件に住むんじゃなくて、普通に借りるなり買うなりしようかなーって思ってるんだけど」

「や、だ、大丈夫です……っ」

「大丈夫って？　買っても大丈夫ってこと？　じつはけっこういい物件があってさ……」

「そっちじゃなくて！　引っ越し、大丈夫です！　引っ越し大好き！」

「それ、初めて聞いた」

啓吾が笑うとくっついている体から振動が伝わってきて、心ごと揺らされるような気がする。ドキドキするのにうれしくて楽しくて、自分まで唇がゆるむ。

「家探しってさ、恋人探しに似てるよね」

笑いが収まったところで、すっぽりと抱いたまま啓吾が言う。笑ったことでリラックスできた満希はやっといつもの調子を取り戻して軽口を返した。

「じゃあ、啓吾さんにはこだわりがないってことになりますね」

「ん？　違うよ。みつくんがいてくれるのが大事って言ったじゃん」

「……っ、また啓吾さんは、そういうことをさらっと……！」

赤くなった顔を隠そうとする満希の両手を捕まえて邪魔しながら、啓吾は上機嫌に笑う。

「俺の条件は『みつくんがいること』だけで、みつくんの条件も『俺がいること』だったら、物件探し超ラクだよね。ていうかすごくない？　家探しで別れるカップルもいるのに、俺たち相性ぴったりすぎるよね」

相性ぴったりならうれしいけれど、リップサービスを真に受けたらいけない。満希はその前の話題を拾ってゆるみそうな唇をごまかした。

「家探しで別れることなんてあるんですか？」

「けっこうあるよ。もともと違う環境で育ってきた者同士が一緒に暮らすって、一種の異文化交流だからね。自分の『常識』が相手の『非常識』、その逆も然《しか》りで、暮らしの中で大事にしている部分が違うと家に求めるものも違ってくるでしょう？　家探しのときって『これから二人の生活を始める』って人たちが多いから、家に求める条件のギャップで生活スタイルの違いに気づくのかもね」

「一緒に暮らしたいくらい好きなのに、それで別れちゃうものですか……？」

「好きだったけど、家探しの間に相手の『自分に合わない面』を知って一緒に暮らしたい相手じゃなくなっちゃうんだろうね。誰だって自分が大事にしている部分をどうでもいいものとして扱われたり、馬鹿にされたりしたら、その人のことを好きでい続けるのが難しくなるだろうし」

「たしかに……」

「ほかにも、自分では何も負担しないくせに文句ばっかり言う人だったり、逆にこっちの意見を聞かずに勝手に全部決めてしまう人だったり、普段は見えない一面に気づいて幻滅することもあるよね。よく『結婚前に同棲して相性をみた方がいい』っていうけど、その前段階の家探しでもヤバめなタイプってかなりの確率でわかるよねえ」

なるほど、と納得した満希はふと思い出す。

「さっき、家探しと恋人探しが似てるって言ってたのは……？」

「条件が少ないほど選べる範囲が広がるし、簡単に決まるでしょ？　多少妥協《だきょう》しても、そのうち慣れて気にならなくなる」

「ああ、そういう……」

「でも、『これしかいらない』って思えるほどの物件と出会って、手に入れることができたら、そこに住んでいるだけで毎日が幸せだよね。そこまで惚れこめる物件に巡りあえる幸運はなかなかないと思うけど」

「……そうですよね。分不相応な物件に惚れこむこともあるでしょうし」

自分と啓吾の関係を思っての呟きは、我知らず沈んだ声になってしまった。啓吾が気がかりそうな顔になる。

「本当は気に入っている物件があるの？　相談してくれたらできる範囲で頑張るよ？　アルハンブラ宮殿とかは無理だけど」

とんでもない例に噴き出してしまう。

「大丈夫です。宮殿に住みたいと思ったことはないですし、本当に住居へのこだわりはあんまりないので」

「俺さえいたらいいって言ってくれたもんね？」

「……はい」

ちょっとからかう口調なのをわかっていて素直に頷くと、「あーもうみつくんはもう……！」と意味不明なうなり声を漏らした啓吾にぎゅうっと抱きしめられてしまった。

幸せなのに胸が苦しくて、それをごまかすように満希は「恋人」の腕を抱きしめた。

ずるずると引き延ばし続けてきた恋人ごっこにピリオドをうつ日は、八月末の土曜日——以前約束した、花火の日に決めた。

花火で最後の思い出をもらった翌日、日曜の朝いちばんに「記憶が戻った」と明かして、記憶喪失の間のことは憶《おぼ》えていないことにするのだ。

きっと啓吾はもうすぐこの家を出て行かないといけないと改めて満希に説明するだろう。そうしたら満希は「これからは一人暮らしをしてみたい」とルームシェアを解消し、彼を解放してあげるのだ。こっそり見つけておいた部屋があるから、残りの手続きをさくさくすませて引っ越す。

(バイトは……急に辞めたら迷惑をかけちゃうし、続けててもいいかなというか、啓吾の顔を全然見られなくなったら満希がつらい。せめてバイト先で遠目でもいいから姿を見たい。

恋人のふりをしなくてもよくなった啓吾がどういう態度になるかはわからないけれど、同性カップルの友人を普通に受け入れているくらいおおらかな彼のことだから、きっと満希の恋心を知っていても忌避《きひ》したりはしない……といいなあ、と満希は祈るような気持ちでいる。

できることなら止まってほしいと思っている時間も容赦《ようしゃ》なく流れ、予定日の前日、花火の約束をしていた土曜日になった。

偽《いつわ》りとはいえ、「恋人」でいられるのは今日が最後。そう思えばせつないけれど、何気ない会話や時間がいっそう愛おしい。だからあえていつもどおりにすごす。

固定されている花火をバラバラにして準備を終え、虫よけスプレーをふってから庭に出た。天気は晴れ、夜空には星が瞬《またた》いている。日中は残暑が厳しくて秋の気配なんて感じられないのに、夜になると少し涼しい。今夜は風もあるからかもしれない。

「ちゃんと秋になってきてるんですねえ」

どこからか響くリーリーという虫の音に風情を感じて呟くと啓吾が頷く。

「みつくんとは春にここで一緒に暮らし始めたから、もう五ヵ月か」

五ヵ月。一年の半分近くの時間なのに、あっという間だった。

しんみりしてしまいそうになって、満希は内心でかぶりを振る。最後まで幸せな恋人ごっこができるように、いい思い出にするために、このひとときを笑顔でしっかり楽しもう。

庭の一角にある水場でバケツに水をはり、花火セット付属のカップ入りの小さな蠟燭《ろうそく》に火をつける。電気とは違う、頼りなくもあたたかい明かりがゆらゆらする。

しゅわ、と花火の先端に火がつくと同時に火花が噴き出した。夜の庭に光の花が咲く。

パチパチと火花の星を散らすもの、色を変えながら箒星《ほうきぼし》のしっぽのように細長く噴き出るもの。シンプルなのも派手なのも、それぞれに綺麗で楽しい。

せっかく蠟燭を用意したのに、使ったのは最初だけだった。

「あっ、みつくん急いで、そろそろ俺の終わる」

「はいっ、もらいます〜！」

燃え尽きた花火をバケツの水にジュッとつけ、急いで次の一本を手に啓吾の花火から火をもらう。間に合わなかったか、というタイミングで無事に火が移ってこっちの花火が噴き出したら、なぜか「やった！」という気分になる。

手持ち花火のほかにも、噴き上げ花火とネズミ花火が入っていた。

噴き上げ花火はその名のとおり、地面に置いた筒から噴水のように花火が噴き出す派手なものだ。華やかさに盛り上がったあとは、悪戯なネズミ花火の出番。

花火といいながらネズミの名を冠《かん》されたヤツは、火をつけられたらものすごい勢いでちょろちょろと暴れだす。どこに行くかわからないのが満希は昔からちょっと怖い。

こっちに向かってくるたびにびくっとする満希に気づいた啓吾が、くすりと笑って白らの腕を軽くたたいた。

「くっついとく?」

甘やかす誘いは、泣きながらしがみついてきた幼い満希の記憶があるからだろう。

もう子どもじゃないから平気です、と返そうとした矢先、「恋人」でいられるのは今夜が最後だと思い出した。

「……いいですか？」

「もちろん。いらっしゃいませ～」

両手を広げた啓吾の方にドキドキしながら一歩踏み出したら、長い腕が伸びてきてすっぽりと長身で包みこまれる。

「くっつくっていうか……これはもはやハグ……」

「この方が安心でしょ？」

そういえば、小さいころの満希はネズミ花火が暴れ回っている間はコアラ状態で啓吾にしがみつき、両親が引き取ろうとしても大泣きして離れなかった。いま思うと満希の兄の克希《かつき》や啓吾の妹の友佳《ともか》が花火を楽しんでいる間、べったり子守りをさせていたことになる。

いまさらのように反省した満希は、やっぱり甘えるのはやめよう、とそっと頭上にある啓吾の顔をうかがった。気づいた彼がこっちを見る。

「ん？」

「えっと、こんなにくっついてると、暑くないですか……？」

「今日は涼しいし、俺は全然」

解放してもいいよというつもりで言ったのに、さらりと流された。

「みつくんが暑いなら、アドバイスをあげる。『心頭滅却《しんとうめっきゃく》すれば火もまた涼し』」

それは気にするなということでは……と思っている間に彼は視線を戻し、機嫌よくネズミ花火の暴走を眺める。ハグの腕はゆるまない。

残りのネズミ花火も啓吾の腕の中から眺めることになった。ようやく離してもらえたのは最後の線香花火を楽しむ段になってからだ。体が離れるとほっとする一方で寂しくもなるのだから、我ながら面倒くさい。

「シメはやっぱりこれだよね」

「ですね」

二人で手にしたのはとっておいた線香花火だ。完全に放置していた蠟燭がようやく活躍の舞台を取り戻す。

風を遮《さえぎ》るようにしゃがんで二人で小さな空間を作り、火をつけた。

パシパシと繊細《せんさい》な火花を散らしながら、線香花火の先端にぽってりと燃える小さな玉が育ってゆく。

勢いのある華やかな花火もいいけれど、ひっそりと静かに楽しむ花火には格別の風情《ふぜい》があって、最後にふさわしい。楽しい時間の終わりをゆっくりと受け入れさせてくれる。

終わってほしくない時間が、線香花火の残りの本数と共に目に見えて減ってゆく。最後の二本になったところで、満希はおずおずと切り出した。

「……啓吾さん、勝負しませんか」

「勝負？　ああ、どっちの線香花火が最後まで生き残れるか？」

頷くと、「いいよ」とのってくれた啓吾が満希と最後の二本を分ける。

「それで、あの、勝負なので、勝ったら賞品があった方がいいと思うんですけど」

火をつける前に早口で提案すると、啓吾がにやりと笑った。

「俺はそのつもりだったよ？　昔、克希たちとしていた『勝者のリクエスト』だよね」

線香花火の玉を誰がいちばん最後まで落とさずにいられるか勝負して、勝った人が敗者に命令できるという子どもらしい遊びだ。命令といっても実現可能かつ一瞬で終われる内容という制限があり、モノマネや一発芸、それ以外ならせいぜい「スキップして庭を一周」「スクワット十回」などの他愛もないものが多かった。

「何がいいかなー」と楽しそうにしている啓吾は思いもよらないだろうけれど、満希が勝負を挑んだのは、最後に欲しい思い出があったからだ。

ずっともらえなかったものだから、無理かもしれない。そもそも勝てないかもしれない。

弱気になりながらも、これが最初で最後のチャンスだと思えば二分の一の確率に懸《か》けてみる勇気をもてた。——万が一勝てて、そのうえで拒まれたとしても、明日の満希には「その記憶自体がない」ことになるのがありがたい。

二人同時に最後の線香花火に火をつけた。

ジジッと火薬が燃え、はじけるように火花が散り始める。星空の下、二人で囲んだ空間に火花の星が次々と生まれては消える。極小の、けれども美しく燃える太陽のような玉がゆらゆらと大きさを増してゆく。

息をつめて見守っている満希とはうらはらに、啓吾はゆったりとかまえている。そういえば彼はこの勝負に強かった。

「みつくんが勝ったら、なにリクエストするの？」

「い、いま聞くんですか？」

「言いたくないならいいけど」

あっさり引き下がられたけれど、動揺してしまったせいでたぶん手が揺れた。現在満希の火の玉はふるふる震えてピンチになっている。

「が、がんばれ、がんばれ」

思わず火の玉を応援すると、なぜか啓吾まで「がんばれ、みつくんの玉」と応援してくる。笑ってしまいそうになったけれど、これ以上振動を与えて火の玉に負担をかけられない。小声でツッコミを入れる。

「啓吾さん、余裕ですね」

「そういうわけじゃないけど、みつくんのリクエスト聞いてみたいんだよね」

「勝者は一人ですよ」

「そうとも限らないよ。これ、くっつけたら二人とも勝ちになるでしょ。そうする？」

「え、え……っ」

線香花火の玉同士を近づけて合体させようとする啓吾に慌てる。それだと二人とも勝ちというか、負けというか、引き分けだ。

「ちょ……っ、駄目です、勝負にならなくなります」

動くに動けないまま訴えると、笑って中断した啓吾がさらりと思いがけないことを言う。

「でも俺が勝ったら『みつくんのリクエストを聞かせて』ってリクエストするし、聞いたからにはなんでもするつもりだけど？」

「え……、そんなの、勝っても負けても僕だけが得するじゃないですか」

「そんなことないよ。俺のリクエストは普段遠慮がちなみつくんが何をリクエストするか聞きたい、で、恋人の希望を叶えてあげたいって思うのは普通でしょ」

やわらかな低い声、こっちを見ている眼差しに、本心から言ってくれているみたいに錯覚《さっかく》する。……錯覚でも、いい。

今夜だけ、この一瞬だけ、甘やかしてくれる恋人を信じて最後のわがままを言ってみたい、と思った。

こくりと唾《つば》を飲んで、満希は口を開く。

「僕の、リクエストですけど……」

「うん？」

「キス、してほしいです」

目をそらしていても、啓吾が息を呑んだのがわかった。しまった、やっぱり言うんじゃなかった、と撤回《てっかい》するよりも早く、確認される。

「本当にいいの？」

「け、啓吾さんが嫌ならいいんですけど……っ」

「みつくんに、俺にされてもいいのって聞いたんだけど」

焦って言い足したら、苦笑した啓吾がしゃがんでいる二人の間の距離を詰めた。体の左側がくっついてびくりとしそうになるけれど、火花の勢いが弱くなってきた線香花火は落ちる寸前だ。なんとか抑えこむ。

「みつくん」

「は、はい」

「こっち向いて」

すぐ近くで聞こえる声はやさしく、いつも以上に甘い。気のせいかもしれないけれど、いまは気のせいもぜんぶ信じる。

ドキドキしながら彼の方に顔を向けると、視線が絡んだ。ゆらめく蠟燭が端整な顔立ちの陰影を濃くして、線香花火の火花が濡れたような切れ長の瞳に映る星になっては消えてキラキラする。目をそらせない。

まばたきも忘れて見入っているうちに、距離がなくなってゆく。大好きな顔がすごく近い。

もう焦点を結ばないくらいに。

重なる寸前で、ふ、と啓吾が笑って囁いた。

「……みつくん、目、閉じないの？」

「あっ、閉じます！」

慌ててぎゅっと閉じると、啓吾が噴き出して唇に吐息がかかった。普段ならありえない感触に心臓が跳ね上がった直後、ふわりとやわらかなものが重なる。

ごく軽く。少しかさついていて、あたたかい。──啓吾の唇だ。

（ほんとに、キス、してくれた……！）

ただ軽く重なっているだけでもうれしくて、感動する。

一生覚えていよう、とその感触を記憶に刻んでいたら、それが少し下にずれた。ちゅ、と下唇を軽く吸われて、思いがけなさに動揺すると同時にぞくっと甘い痺《しび》れが走る。無意識に唇が開くと、弄《もてあそ》びやすくなった下唇をやわらかく食《は》まれてもっとぞくぞくする。

慣れない感覚から無意識に体が逃げそうになったら、するりとうなじに回ってきた大きな手でホールドされた。強い力じゃないのに逃げられない。

引き寄せられて、さっきよりもしっかりと唇が重なる。

ジン、と密着したところから気持ちよさが広がった。少しかさついているように感じたはずの啓吾の唇が、いまはしっとりと満希の唇に馴染む。まるで、こうしてくっついているのが自然なことのように。

重なったままの唇が今度は上にずれて、愛《め》でるようについばまれる。くすぐったさと気持ちよさがあいまった感覚は初めてのもので、どうしたらいいかわからない。開いた唇の隙間をゆるりと艶《なま》めかしく濡れたものでなぞられるとぞくぞくが増して、ふるっと体が震えた。なだめるように頭を支えている手で撫でられて、それにもぞくぞくする。

（キ、キスって、こんなのなんだ……⁉）

ぜんぶ覚えていたいけれど、あらゆる感覚が過敏になっているせいか情報量が多すぎる。でも、たまらなく気持ちよくて、うれしくて、ドキドキする。

もっとずっとこうしていたいのに、そろそろ限界だ。硬い胸を力の入らない手で押すと、名残を惜しむように最後にしっかり重ねてから啓吾が唇を離した。

顔をそむけた満希は、大きく呼吸する。ぜいはあと懸命に酸素を取り込んでいたら、目を見開いた啓吾が背中をさすってくれた。

「みつくん、息止めてたの？」

まだ返事ができないくらいにぜいぜいしている満希が頷くと、笑みを含んだ声でアドバイスされる。

「キスするときは鼻で息するんだよ」

「でも……、そうしたら、鼻息が……」

乱れた呼吸の合間になんとか返すと、啓吾の手がぴたりと止まる。それから、ぎゅーっと抱きしめられた。

「はあ……、そこまで気にしちゃうとか、なにこの可愛い生き物……。大丈夫だよ、キスしてるときは夢中で全然気にならないから。ていうかさっき、俺は普通に息してたけど気になった？」

言われてみれば、たしかに気にならなかった。そうか、そういうものなのか……と納得すると、くしゃくしゃと頭を撫でられる。

やさしい手は完全に満希を子ども扱いだ。さっきは子ども扱いじゃなかったけど。

大人のキスは舌を入れるはず。ちょっとだけ……それこそ先っぽだけ入ってきたものの、歯より奥には入ってこなかったからあれは大人のキスとはいえないだろう。

（いや、子ども扱い、なのかな……？）

でも、それでよかったと思う。満希にとっていまのは正真正銘《しょうしんしょうめい》ファーストキスだ。いきなりディープなベロちゅーをされたらぎょっとして、いい思い出にできたかどうか。逆に一瞬だけの軽いキスだったとしても、なおざりな感じが寂しかったかもしれない。

そう思うと、大事に、ゆっくりと味わうようにキスしてもらえてよかった。

啓吾が完璧な「恋人」でよかった。

ふと見ると、線香花火はとっくに終わり、火の玉は地面に落ちて黒いカスになっている。どちらが勝ったのか、負けたのかもわからない。

ただ、楽しい時間はこれでおしまいというのはわかる。

ひとつ息をついて、満希は啓吾に向き直った。

「……ありがとうございました」

「ええ、なんか照れるな……。こちらこそ、ありがとう」

キスのことだと受け止めた啓吾が、はにかんだ笑みを見せて答えてくれる。その表情も、返し方も、やっぱり大好きだ。

大好きだから、手放したくない。だから、そんなことを思う自分から解放してあげたい。

目の奥がジンとするのを感じながらも満希は笑顔を作り、啓吾の手から離れるために立ち上がった。

「楽しかったですね。片付けましょうか」

すっかり火の消えた線香花火をバケツに捨てた。啓吾も立ち上がり、蠟燭を消す。ふっとあたりが一段暗くなる。

バケツを手に家に戻る長身の背中に、切ない目を向けて満希はもう一度心の中で呟いた。

（ありがとうございました）

これまでずっと。

やさしい嘘を、甘い態度を、最初で最後のキスを。

【6】

翌朝、満希《みつき》はいつも以上に早起きした。

静かに身支度を整え、キッチンに立つ。啓吾《けいご》への感謝をこめて最後の朝食を作った。

春には焦がしてしまったトーストもいまは綺麗に焼けるし、卵料理も上手になった。サラダを彩《いろど》り豊かに、インスタントじゃないスープを手際よく作ることもできるし、啓吾好みのコーヒーだって淹れられる。

それだけの回数、啓吾と一緒に食べるために朝食を作ってきたのだ。しみじみしながら用意したのは、この家で初めて迎えた朝に作ったメニューのバージョンアップ版。

こんがりおいしそうな焼き色の卵とハムとチーズのホットサンド、カラフルなサラダ、夏野菜のトマトスープ、淹れたてのコーヒー。自分のぶんは甘いカフェオレにした。

デザート用にオレンジを切っていたらＬＤＫのドアが開いて、寝起きの啓吾が現れた。

「おはよ。今日はずいぶん早いね」

「お、おはようございます……っ」

ぴっと背筋を伸ばした満希に軽く首を傾げたものの、まだ眠いらしい啓吾はあくびを嚙み殺しながらゆったりした足取りでやってくる。

一部がくしゃっとした髪、ルーズなスウェットとシャツ、リラックスした表情の彼の姿もこれで見納めだ。オンタイムのちゃんとしている姿も最高に格好いいけれど、オフタイムのこういうラフな啓吾の姿も満希は好きだった。自分しか見られないと思えば特別で、彼のテリトリーに入れてもらっているのがうれしくて。

見つめているうちにすぐ近くに来た啓吾が朝食に目を輝かせる。

「わ、おいしそうだね。ありがとみつくん」

ごく自然に抱き寄せられそうになって、満希は慌てた。昨日までは朝のハグを「恋人」として受け入れていたけれど、もう駄目だ。

「け、啓吾さん！」

「ん？」

「僕、記憶、戻ったんです……っ！」

我ながら唐突な告白になったものの、やむをえない。これまでの経験からハグされるとずるいってしまうのがわかっている。先手必勝、自分に負ける前に絶対に言う、と心に決めていた甲斐あって、ほぼ反射だったけれど終わりの呪文をちゃんと言えた。

ただ、心臓がバクバクして彼の方を見られない。

どういう反応がくるんだろう。これからどうなるんだろう。

緊張と不安で息もできずに待っていたら、数秒の間を置いて、どこか戸惑っているような声が聞こえた。

「そうなんだ……？　えっと、よかった、ね？」

「……ありがとうございます」

驚きはしたようだけれど、啓吾はすんなり受け入れた。安堵と、落胆と、なにかよくわからない感情が胸の中で入り乱れる。

自分でもどう返してほしかったのかはわからない。ただ、「恋人」だった満希を少しも惜しんでくれないことに――「記憶が戻ってよかったね」と言われたことに、温度差を感じて胸が軋《きし》んだ。

「朝ごはん、どうぞ。冷めないうちに」

「あ、うん。作ってくれてありがとう」

「いえ。僕の担当ですし」

硬い表情で他人行儀に返す満希に思案げな顔になったものの、啓吾は何も言わずに朝食を運ぶ手伝いをする。

いつもと同じような時間。でも、決定的に違う。

啓吾からの恋人っぽい仕草がなくなっている。

スープをよそう満希に「先に味見させて」と甘えてきたり、すぐ近くを通るときに悪戯っぽく笑ってさわってきたりというのがない。

穏やかに、適度な距離で、同居人にふさわしい態度。覚悟していたのに、ひどく寂しい。

「あ、啓吾さん、ソースは……」

「ん、ああ……、今日はいいよ」

以前、ホットサンドにソースをかけていた彼を思い出して冷蔵庫に取りに行こうとしたら、微笑んでかぶりを振られた。「恋人」じゃなくなった満希に遠慮したようにも、心ここにあらずなようにも見える。

それでもつつがなく朝食は終わって、二人で後片づけまで済ませる。ずっと何か考えている様子だった啓吾が、表情を改めて提案してきた。

「みつくん、これからのことについて少し話そうか」

「は、はい……っ」

「これからのこと」は、引っ越しについてだった。

記憶喪失だった期間のこと、記憶が戻った経緯《けいい》について啓吾はあまり興味がないようだ。でも、考えてみたらそれも無理はない。満希の記憶があろうがなかろうが、差し迫った現実として転居問題があるのだから。

啓吾は落ち着いた口調で、この家が売れたこと、近々引っ越さないといけないことを満希に説明し、引っ越し先の候補物件をプリントアウトしたものを並べて見せた。

「どれがいい？」

聞いてくる彼は、記憶を取り戻したばかりの満希を放り出したりせずに次もルームシェアしてくれるつもりなのだ。

でも、そこまでしてもらわなくてももう大丈夫。

本当は一緒にいたいけれど、これ以上の迷惑はかけたくないから、誘惑にかられないように満希はどの物件も見ずに言った。

「あの、僕、一人暮らししようと思うんです」

すっと啓吾の表情が変わる。

「どうして？」

「どうしてってって……最初から、ちょうどいい部屋が見つかるまでって話でしたし、逆に予定より長くご迷惑をかけてしまって……」

「全然迷惑なんかかけられてないよ？　ていうか、部屋が見つかるまでだったらなおさら無理して出て行かなくてもいいと思うんだけど。急な話だし、これから物件を探して引っ越しなんて大変だよね？」

「あ、いえ、そこは全然大丈夫っていうか……。部屋に、これがありましたし。もともと出て行くつもりで準備してたんだと思います」

「……うん？」

どうしたことか、聞き返した啓吾の表情に妙な迫力がある。満希が差し出した一人暮らし用の物件情報にさっと目を通した彼の表情がさらに不穏に曇《くも》り、声が低くなった。

「……みつくん、俺と住むの嫌だったの？」

「い、いえっ、そんなわけじゃなくて……っ」

「じゃあなんで、俺に内緒で出て行こうとしてたのかな」

「え、えっと……」

おろおろと目を泳がせていたら、泣きそうな顔になっている満希に気づいた啓吾がひとつ息をついた。

「……ん、とりあえず理由は置いといて。いま、俺と住むのは嫌じゃなかったって言ってくれたよね？」

「はい……」

「じゃあこれ、いらないってことでいいよね」

「えっ、あの……っ」

「いるの？」

真剣な眼差しで問われて、思わずかぶりを振る。それから慌てて頷いた。

我ながら混乱した反応だけれど、それも仕方ない。啓吾の態度が予想外すぎる。まさかルームシェア解消を反対されるとは思っていなかった。

責任感の強い彼に心配をかけないように引っ越し先の候補を見つけておいたのに、それを破棄するのを求められる理由がわからない。戸惑うものの、なんとか言い訳をひねり出した。

「やっぱり他人と一緒に暮らすのって、いろいろ違う部分があって気を遣いますし……！」

「俺はみつくんと暮らすの楽しかったけど、負担かけてたのかな」

しゅんとされたら動揺してしまう。

「そういうわけでは……」

「みつくんが直してほしいところがあったら直すから言って？」

たたみかけられて返事に詰まった。どうしよう、このままだと押し流されてしまう。啓吾に直してほしいところなんて格好よすぎるところくらいだし、それだって本当は直してほしくなんかないし、満希だって本心では離れたくないのに。

それでも、なんとか満希は抵抗した。ルームシェア解消は、啓吾の将来のため、そして自分の心を守るためでもあるから。

「同居人がいると、啓吾さんは彼女さんを連れてくることができないですよね？　僕も……」

つらいですし、はなんとか飲みこんだ。

けれども啓吾の眉根が不快げにきつく寄る。初めて見る険《けわ》しい表情に、どうしよう、気持ち悪いと思われてしまった……と内心で焦っていたら、啓吾が低い声を発した。

「なんで俺に彼女ができる前提？　みつくんにも」

「え、あの……」

「昨日ので、男同士はやっぱり無理ってなったの？」

「え……」

「俺にキスされたの、嫌だった？」

「……っ」

（啓吾さん、僕にゆうべの記憶がある前提で話してる……!?　あっ、そうか、僕、記憶喪失中のことを憶えてないって言ってない……っていうか、普通、ドラマとかだと記憶喪失の間の記憶ってなくなるからそう思ってくれててよくない……!?　だからさっきまで距離があったんだと思ったんだけど……って、待って待って、その前に僕がキスを憶えている前提でなんで啓吾さんこれからもルームシェア続けようって言ってるの……!?）

大混乱だ。完全に固まっている満希の目の前で啓吾が手を振る。

「みつくん？　聞こえてる？」

「……て、ます」

オイル不足のロボット状態でぎこちなく頷くと、「よかった」と言いながらも容赦《ようしゃ》はしない。

「それで、俺にキスされてみて男同士は嫌だってなっちゃった？　やっぱり女の子の方がいいって目が覚めたってこと？」

「ち、がい、ます……。ていうか、あの、啓吾さん」

「うん？」

「なんで、ゆうべ、僕、覚えて……」

混乱のあまり支離滅裂な単語しか出てこなかったのに、満希の疑問を啓吾は理解する。

「あー……、みつくんの記憶喪失のことだよね？　記憶が戻ったら、記憶喪失中の出来事は忘れてしまうことが多いっていうのはお医者さんも言ってたよね。だったら、みつくんにゆうべの記憶はない、と俺は思っているはずなのにって言いたいんだよね？」

ぎこちなく頷く。と、少し困ったような顔で啓吾が衝撃発言を放った。

「じつは俺、みつくんの記憶が戻ってるのにだいぶ前から気づいてたんだ」

「は」

「えっと、事故った翌日かな？　夜には記憶、戻ってたよね」

確信をもった口調で正確に言い当てられて、全身の血の気が引いた。啓吾がまだ何か話しているのに耳の中で轟轟《ごうごう》と音がしていて聞こえない。

バレていた。

嘘をついていたのを全部知られていた。

嘘に乗じて言ったことやしたこと、それらのすべてが凄まじい勢いで脳内を巡って、下がった血が羞恥に沸騰《ふっとう》して一気に上がってくる。体中が熱い。羞恥で死ねるなら間違いなくいま満希は死んでいる。

「ごっ、ごめんなさい……っ」

叫ぶように謝罪して、満希はＬＤＫから飛び出す。呼び止められた気がしてもかまっていられなかった。玄関から一目散《いちもくさん》に外に逃げ出す。とてもじゃないけれど啓吾と同じ空間にはいられなかった。

どこに向かっているかなんて考えることもできなかった。じっとしていることができないくらい恥ずかしくて、申し訳なくて、羞恥心と自己嫌悪から逃げるようにひたすら走る。普段運動をしないせいですぐに脇腹が痛んで息が苦しくなったけれど、自分を痛めつけたくてめちゃくちゃに走り続けた。

(馬鹿だ、僕……)

嘘をついてでも啓吾の「恋人」でいたかった。でも、嘘をつかないと手に入らないものを望むこと自体が間違っている。

啓吾のやさしさを甘くみていた。記憶喪失のふりをしている満希に気づいたからって「いい加減にしろ」と言うような人じゃないのに、ずっとずっと甘えて、無理をさせていた。キスまでねだってしまった。

満希の心模様を表すように、どんより曇っていた空からぽつり、ぽつりと雫《しずく》が落ちてくる。それはすぐに間断なくなって本格的に降り始める。

雨が降り出してくれてよかった。人通りが少なくなる。雨が姿を隠してくれる。泣いていてもわからなくなる。自分にさえも。

呼吸もままならないほどに息がきれて、濡れた靴や脚が重くなって、ようやく満希は足をゆるめた。

どこをどう走ったのか、見慣れない場所に来ていた。スマホは持って出なかった。財布も。それだけで、自分が世界から簡単に切り離されてしまうことに満希は気づく。

誰にも連絡できないし、ここがどこか調べることもできないし、どこかで買い物することも、電車に乗ることもできない。心細い。でも、自分への罰だと思う。

雨が降る中を悄然《しょうぜん》と歩いているうちに、なんとなく見覚えのある景色になってきたような気がした。でも、ずいぶん走った。そんなはずない、と思っているうちに、濡れて鮮やかに見える赤い鳥居が目に入る。

「……うそ」

大きく目を瞬いて辺りを見回す。

気のせいじゃなかった。見覚えがある。あの鳥居は、以前啓吾に教えてもらった小さな神社だ。

どうやらめちゃくちゃに走っているうちに、大回りして逆ルートからこの道にたどり着いてしまった。家から遠く離れたつもりだったのに、歩いて帰れる距離まで戻ってきていたことに脱力しそうになる。

（つくづく、僕ってまぬけだ……）

世界から切り離されているどころか、調べなくても自力で帰れる。でもそれは、このあたりの地理を教えてくれ、一緒に歩いてくれた啓吾のおかげだ。

思い出に吸い寄せられるように、神社に向かっていた。啓吾と並んで座ったベンチに腰かけると、ふいに雨脚がゆるむ。……違った、あのときは緑陰を作ってくれた頭上の枝が、いまは雨宿りさせてくれているのだ。

ぱらり、ぽつり、と時折雨粒が葉っぱを揺らして落ちてくるけれど、勢いはずいぶん落ちる。頬を濡らす雫を手で拭い、しゃくりあげるように大きく息をついた。

雨から守られ、馴染みのある場所に座ったことでようやく胸に吹きすさんでいた嵐のような感情が落ち着いてくる。

辺りを見回すと、以前ここに来たときのことが次々と脳裏をよぎった。一緒にアイスキャンディーを食べながら歩いて、ここに座って、蟬に驚いて、笑って。啓吾はいつだってやさしくて、満希のことを気遣って、大事にしてくれた。

たぶんいまも、心配してくれている。

啓吾のことを思うと、自分のしたこと、いましていることに改めて落ち込んだ。

どうしてこう、自分はもっと相手のことを考えられないのか。死にたいほどの羞恥に耐えられなかったとはいえ、いきなり飛び出したら啓吾は驚くし、連絡がつかなければ保護者代わりとして困るはず。

「帰らないと……」

どんなに恥ずかしくても、申し訳なくても、やってしまったことからいつまでも逃げてはいられない。

帰って、改めて啓吾に謝ろう。それから、ちゃんと行き先を告げて――もう彼に合わせる顔がないから実家に帰るつもりだ――あの家を出て行こう。

やっと決意して立ち上がったら、雨にけぶる鳥居の向こうを、傘もささずに走ってゆく長身の人影が見えた。はっとした直後、一度は通り過ぎたその人が視界に戻ってくる。

鳥居の前で足を止め、満希を確認して、大きく息をついてその人が濡れた髪をかき上げた。肩で息をしながら、ゆっくりとこっちに向かってくる。

「やっと見つけた」

目の前に来た啓吾はずぶ濡れだ。髪やあごから雫を滴らせ、服もプールにでも入ってきたかのようだ。ずっと雨の中を探し回ってくれていたのがわかって、目の奥が熱くなった。

「ご、ごめんなさい……っ」

がばっと頭を下げると、ぽんぽんと肩をたたいてなだめられる。やさしい手で顔を上げさせられた。

「いいよ。無事でよかった。ていうか、俺もびっくりさせたよね？　ごめん」

「そんな……」

「ていうかみつくん、何気に足速いよね。すぐ追いかけたのに見えなくなってて、本気で焦った」

苦笑混じりに言う啓吾に怒っている様子はなく、満希を見つけた安堵だけを感じさせる。じわりと目の奥が熱くなった。

「本当に、すみませんでした……。僕、いつも啓吾さんに迷惑ばかりかけて……」

「迷惑なんかかけられてないよ。心配はしたけど。ていうかみつくん、なんで飛び出していったの？　俺の言い方が悪かった？」

気遣ってくれる啓吾にかぶりを振って、なんとかあのときの気持ちを言葉にする。

「……恥ずかしいのと、申し訳ないのが、限界突破しまして」

「あー……パニックになったってことかな。俺もちょっと焦ってたから、言う順番間違えたなーとは思ったけど。でも、そんなに？」

「そんなに、とは……？」

「こっちの話を聞けなくなるくらいショックだった？　みつくんがシャイなのはわかってたつもりだったけど、両想いだったのってすぐに受け入れられないようなことだったかな」

「……は」

ぽかんとする満希に、啓吾も怪訝な顔になる。おそるおそる聞き返した。

「両想い、とは……？」

「えっ、待ってみつくん、まさかその部分まだ受け入れられてない？　みつくんと俺が、ふりじゃなく、本当に恋人になれるくらいにお互いを好きってことなんだけど。ていうか俺はそうだけど、みつくんは違った？」

「いえ、あの、待ってください。僕いま、また頭がぐるぐるしてきています……」

おろおろと片手を挙げて申告すると、啓吾が「ええー、なんで？」と笑いだす。でも満希にとっては笑いごとじゃない。

というか信じられない。かなうなんて思ったこともない恋心だ。だって同性なのに。ずっと子ども扱いされていたのに。もしかしたらこれは夢なんだろうか。

「あ、そっか、聞き間違い……」

あまりにも信じられなくてそう結論づけた心の声が口から漏れたら、啓吾が苦笑した。満希の頬に手を伸ばして包みこみ、顔を上げさせて視線を合わせる。

「大事なことだから、聞き間違いだなんて思われないようにちゃんと言うね。俺は、みつくんが好きだよ。恋人にしたい。そういう意味での好きだから、誤解もしないで」

頬に触れる手があたたかい。夢じゃないと教えるみたいに。でも夢をみているみたいだ。

大きく目を見開いて、何も言えずに啓吾をひたすら見つめていたら、ふ、と笑った彼が長身を屈《かが》めた。唇にやわらかなものが軽く触れる。

すぐに離した彼が、唇に吐息がかかる距離で囁いた。

「こういうことも、もっとすごいこともしたい方の好きだから」

駄目押しされた。間違えようがないくらいに。

止まっていたような心臓が急に大きく跳ね回り始め、じわじわと顔に血が上ってくる。呼吸もままならない。何か言おうにも何を言ったらいいのか。

口を開けたり閉じたりしてなんとか答えようとしていたら、一陣《いちじん》の風が吹いてきてぶるりと体が震えた。残暑の季節とはいえ雨で気温が下がり、濡れた服が体温を奪っているせいだ。

すぐに啓吾がカットソーの上に着ていたシャツを脱いだ。びしょ濡れのそれを絞《しぼ》って、「ないよりマシだと思うから」と満希に羽織らせる。遠慮しても聞いてくれない。

代わりに小降りになってきた空模様を確認して、手を差し出した。

「風邪ひいたらいけないし、とりあえず帰ろっか」

「……はい」

まだ現実とは思えないままに手をあずけると、しっかり握られて、心ごと摑まれたような気がした。

雨はずいぶん弱まっていて、一部では雲が切れて光すら差している。きらめく雨粒はやわらかな光のシャワーのようで、遠くにうっすらと現れ始めた虹とあいまって、夢じゃないはずなのにやっぱり夢のようだ。足許がふわふわする。手をつないでもらっていなかったら飛んでいってしまいそうなくらいに。

そんな夢心地は、帰宅した直後に現実に引き戻された。

玄関に入るなり啓吾が服を脱ぎだしたのだ。

「けけけ啓吾さん……っ⁉」

うろたえる満希にかまわず下着一枚になった啓吾は、悪戯っぽく笑って管理人ならではのコメントを繰り出す。

「濡れたらフローリングが傷むから。みつくんはここでちょっと待ってて」

ざっと絞った衣類を抱えてバスルームに消え、パンイチのまま戻ってくる。その手にはふかふかのタオルとバスタオル。

タオルで満希の頭や腕を拭いて、バスタオルでくるんだと思ったら「よいしょ」と両腕で抱き上げた。

「……っ」

声も出せずにいる間に脱衣所まで運ばれる。いくらこの家が売買契約済みで、不動産業者としてフローリングを保全するためだとしても、この移動方法はどうなのか。バスタオルさなぎ状態でお姫様だっこされてしまった。

さっきの一瞬で啓吾は給湯ボタンも押していて、バスルームからは湯気と熱気が漂い、お湯の溜まる音が聞こえている。

動揺から立ち直る隙もなく今度はバスタオルを剝ぎ取られた。借りたシャツも。さらに脱がされそうになって、満希は慌てる。

「あ、あのっ、僕はあとで……っ」

「風邪ひかせたくないし、俺もひきたくないから。さくっと入ってあったまろうね。大丈夫、話がすんでないからいまは何もしません」

にっこりして反論を封じた啓吾に満希ができたのは、「自分で脱ぎます……」と返すことだけだった。

実際、啓吾は満希がもたもたと脱いでいる間に先に熱いシャワーを浴び、満希がおずおずと入ってきたときにはもう出ようとしているところだった。何もしないどころか入れ違いだ。烏《からす》の行水にもほどがあるけれど、気を遣ってくれたのかもしれない。

「ちゃんとあったまるんだよ。湯船に浸《つ》かって五百数えるまで出てきたらダメだからね」

「五百……⁉」

目を丸くしている間にひらひらと手を振って出てゆく。素直に五百数えてお風呂から出たら、脱衣所のカゴにはちゃんと着替えが用意されていた。

ありがたく着替えてＬＤＫに向かうと、啓吾はリビングのソファでコーヒーを飲んで待っていた。ローテーブルには満希用と思われる麦茶、そしてカフェオレがある。

「こっちおいで」

手招かれて寄っていくと、ソファに座っている啓吾の長い脚の間、ラグに直接座るように指示されて、いつものように髪を乾かされた。

グルーミングが終わったところで、さらりと髪を撫でながら啓吾が聞いてくる。

「そろそろ、話の続きできそう?」

「は、はい」

「じゃあ、こっち向いて」

緊張しながらも振り返ると、両手を差し出される。戸惑いながらもお手をするように重ねかけたら、思いがけずに彼の腕がするりと背中まで回ってきて膝の上に抱き上げられた。啓吾の腰をまたいでの膝だっこだ。

「啓吾さん……っ⁉」

「うん?」

「なっ、なんで、こんな座り方……っ」

「大事な話をするなら視線が近い方がいいと思って」

にこりと笑って返されたけれど、どう考えても大事な話をするときの体勢じゃない。おろおろしながら満希は膝から逃げようとするのに、体に回った腕が許さない。ぎゅっと抱きしめられて鼓動が落ち着かなくなる。

「は、話をするんじゃなかったんですか……っ」

「うん、するよ。でもそのためにさっき我慢したから、ちょっとだけ」

「我慢……？」

「お風呂で。みつくんのこと見ないようにしたし、全然さわらなかったでしょう」

「……っ」

発言の裏を返せば、満希の裸体を見たかったし、さわりたかったということだ。爽《さわ》やかな笑顔ですごいことを言うけれど、その生々しさが彼の「好き」をリアルに感じさせてくれた。

「……啓吾さん、僕のことを恋人にしたいくらい好きって……、本気、なんですか」

「うん」

「なんで……？」

思わず漏れた呟きに啓吾が噴き出す。抱きしめる腕をゆるめた彼に顔をのぞきこまれた。眼差しはやさしい。

「なんでって言われても、気づいたら好きになってたからなあ。どうしても理由が欲しいならいくらでも挙げられるけど、たぶんみつくんのぜんぶが俺のツボだし、みつくんが好きだからこそほかの人ならそこまでじゃないことが胸にくるんだと思うんだよね」

そう言われたら、わからないでもない。笑顔を向けられたり、やさしくされたりしたからといって、啓吾のときと同じように誰にでもはときめかないから。声が聞こえるだけで胸がきゅんとなってしまうのは彼だけだ。

でも、自分が啓吾にそうなるのは普通でも、啓吾が自分に同じような感情をもってくれているなんてやっぱり不思議な感じだ。正直、いまも恋人ごっこの名残で満希を甘やかしてくれているんじゃないか、とどこかで思っている。

そう言うと啓吾が苦笑した。

「なんでそんなにこじれちゃってんだろうねえ。ていうか俺、『恋人』にしてもらってる間、めちゃくちゃわかりやすくみつくんにアピールしてたと思うけど？」

「だってあれはお芝居で……」

「本気だったよ」

「え」

「ぜんぶ本心。恋人のふりに乗じてみつくんへの気持ちを伝えようとしてたんだよね。伝わってなかったみたいだけど」

甘い言葉も、態度も、なにもかも。信じたらいけないと思っていたすべてが、ひっくり返る。

「う、うそです」

「本当です」

きっぱり言い返した彼がさらりと満希の髪を撫でて、軽く首をかしげる。

「なんでそんなに信じられないの？」

「だ、だって啓吾さん、もともと僕のこと好きじゃなかったですよね。なんていうか、幼なじみの弟とか、子どものころから知ってる相手としての好きはあったかもしれませんけど、恋愛感情じゃなかったっていうか……」

「たしかにルームシェアを始めた最初は親愛の『好き』の方が大きかったけど、あっという間に恋愛の『好き』になってたよ」

あっさり返されたところで信じられない。だって啓吾の態度はルームシェアを始めた最初から特に変わらなかったし、「恋人」になってからの甘さがすごすぎた。

訴《うった》えると彼が少し考える表情になる。

「あー……、たしかに、男の子相手っていうのは初めてだから迷いはあったかも。みつくんのこと親御さんから預かってるっていうのもあったし。でも抑えきれずに気持ちが漏れ出てたと思うんだけど、なんにも感じなかった？」

「啓吾さん、天然タラシだから……」

「えー、そんなことないよ？　思ってもないことは言わないし」

要するに、しょっちゅう口にしていた「可愛い」も「好きだよ」もぜんぶ本心だったということだ。それこそ天然タラシの証拠、息をするように甘い言葉が言えるなんてすごすぎる。

とはいえ、啓吾の「好きだよ」は意外にも満希限定だったらしい。「さすがに誤解されたら面倒だからね」という彼に、満希はかなりたくさん「好き」と言ってもらった。でも。

「子どものころも、言ってもらってた覚えがあるんですけど……」

「ああ、そういえばそうだね。でもあれは、みつくんが先に俺に『好き』って言ってくれてたからお返しの『好き』だよ？　大人になってからは俺から言ってたでしょう」

そういえばそうだ。

いまさらのように気づいた満希に少し笑って、啓吾が「なかなか俺の気持ちを信じきれないみたいだから、順を追って話そうか」と気持ちの変化を教えてくれる。

子どものころは、無邪気に慕《した》ってくる満希をただ可愛いと思っていた。生まれたときから知っていて、見た目も可愛くて、ストレートかつ無条件に「好き」をぶつけてきて、返してあげると素直に喜ぶ。ツンデレ気味な実の兄の克希《かつき》よりも啓吾になついているのも可愛くて、十歳下の幼い満希は少年時代の啓吾にとっていわば癒《い》やしの小動物のような存在だった。

「小動物……」

「いや、いい意味でね？　小さい子どもって素直に愛情を表現して、与えたぶん返してくれるのが仔犬とか仔猫とか、とにかく小動物系って感じでしょ？」

フォローになってるのかわからないフォローをもらったけれど、言いたいことはわからないでもないから頷く。

なつかれるのがうれしくて、啓吾はより満希を可愛がった。三歳下の妹も可愛がっていたけれど、年が離れている満希は幼いぶんより庇護欲《ひごよく》をそそる。しかも自分を慕《した》っているのを隠さないのだ。つい甘やかしてしまう。

けれども、そんな仔犬のような満希は啓吾が中学生のころ――満希が五歳になったあたりから不機嫌になることが増えた。啓吾に初カノができたこと、羽野《はの》家に遊びに来るのが減ったのが原因だけれど、当時の啓吾は知る由もない。これが「イヤイヤ期」ってやつかなあ、なんてのんきに思っていた。

そのうち、満希は啓吾を避けるようになる。幼いころにべったり甘えてなつかれていただけに少し寂しさはあったものの、当時の啓吾は高校生、自分の受験や恋愛に忙しくて満希にかまけてはいられなかった。

そうして、大学進学を機に家を出た啓吾は、満希とはますます疎遠になった。克希とのやりとりで満希の近況を聞いてなつかしく思うことはあっても、「かつて自分になついていた、幼なじみのすごく可愛い弟」という思い出になっていた。

啓吾はごく普通の感覚で、満希をごく普通の思い出にしていた。

そこに変化が起きたのは、数年を経た今年の春。

母親の千佳子《ちかこ》経由で満希とのルームシェアの話を聞いた啓吾は、なつかしさもあって軽い気持ちで引き受けた。なんとなく避けられていたような記憶もあるけれど、あれから何年もたっているし、いまでも避けたいなら本人が拒むだろう。もし気が合わなかったら早めに次の引っ越し先を見つけてあげればいいだけだ。

少しだけ、成長した満希がどうなっているか見てみたいという気持ちもあった。幼少期が人形のように可愛かった子だ。あのビジュアルがどう変化しているのかちょっと興味がある。

そんな軽い好奇心だったのに、やってきた満希を見て啓吾は内心で動揺した。

（めっっっっちゃくちゃ可愛い……！）

ぶっちゃけ、どストライクだった。これだけ好みのビジュアルをしているなんて奇跡かと思ったものの、これが男の子なのはわかっている。しかも友人の弟であり、羽野家から預かった大事なご子息だ。

いくら好みだろうと、うっかり恋愛感情をもったりしないように自制しなくては。

そう思っているのに、満希は中身まで啓吾を惹きつけた。素直じゃないのに素直で、こっそり努力家で、めちゃくちゃ照れ屋。しかも、どう見ても啓吾に好意をもっている。本人は隠そうとしているようだけれど、全然隠せていないのが可愛すぎてくらくらした。

気づけばすっかりまいっていた。うっかり恋愛感情をもつどころじゃなく、がっつり惚れてしまった自覚はあった。

それでも同性だし、年も離れてるし、預かってるわけだし……とギリギリで踏みとどまっていたのに、記憶喪失になった満希に「恋人同士だったりします……？」と聞かれたことで両想いを確信し、「そうだ」と答えてしまった。

満希がベランダから落ちてゆくのを助けられなかったときの恐怖心、意識が戻るまでの苦しいほどの不安、その両方があいまって自制心を吹き飛ばしていた。もちろんそれだけではなく、記憶を失って戸惑い、不安でいっぱいの満希を自分が支えたい、そのためには「恋人」という誤解を解かずにいた方がいいという判断もあった。

「恋人」として満希を扱うのは楽しく、素直な反応がまたたまらなかった。とっくにめろめろだったのにもかかわらず、さらに骨抜きにされた。

とはいえ、記憶がない満希に付け込んでいると思えばこそ自分をセーブする必要がある。バスルームでは予想以上の反応にそそられて誘惑に負けてしまったけれど、そのあとは気をつけた。溺愛《できあい》しつつも先に進まないように、色っぽい雰囲気にならないようにしたのだ。

明かされた事実は満希にとっては目から鱗《うろこ》だ。性的な興味がないから——恋人のふりをしてくれているだけだから、キスひとつしてもらえないのだとばかり思っていたのに。

啓吾が嘆息する。

「記憶喪失状態のみつくんと関係を進めちゃったら、記憶が戻ったときにショックを受けるでしょう？」

「で、でも、僕が嘘をついてるのに気づいてたんですよね？」

「だからこそすごいジレンマだったよ」

そもそも、啓吾はどのタイミングで、なぜ満希の嘘に気づいたのか。

気をつけていたのに……と眉を寄せる満希に、啓吾はあっさり言ってのけた。

「事務所でみつくんを一人にしちゃったあと、戻ってきたときにちょっと『あれ？』って思ったんだよね」

「なんで……⁉」

ほぼ速攻で違和感を抱かれている。

「オリオンの名前。教えてなかったはずなのに普通に口に出したのが気になったんだけど、俺がいない間にほかのスタッフが教えたのかもしれないし……ってとりあえず保留にしたんだよね。でも、『ＭＯＲＩ』で晩ごはんを食べるときのポテサラでほぼ確信した」

「ポテサラで……？　僕、何かしましたっけ」

「しなかったからだよ。驚かなかった」

「驚くって、何に？」

怪訝な顔になってしまうと、ふふっと啓吾が笑う。

「ソースに。みつくん、俺に慣れすぎちゃったんだよねえ。同居を始めたばかりのときはポテサラにソースかけるの見てびっくりしてたのに、もう全然驚かないでしょう」

「あ……！」

「しかも自分もチャレンジしてみるとか言い出して、ああ、これは記憶が戻ってるっぽいな、って」

最初は啓吾のソース魔人っぷりに若干引いていたのに、ソースマフィンで「案外いけるものもあるから頭から否定しないようにしよう」と反省した満希は一度はトライしてみるようになった。記憶がリセットされていたらポテトサラダにソースをかけた時点で満希はもっとぎょっとしたはずだし、自分もチャンレジするなんて言えなかったに違いない。

迂闊《うかつ》にもほどがあるけれど、満希の迂闊っぷりはそこで終わっていなかった。

ポテトサラダの件でほぼ確信したものの、無意識の影響もあるのかもしれないと思った啓吾はとりあえず何も言わずに満希との「恋人」関係を続けることにした。そうしたら、たびたび満希が記憶喪失らしからぬ言動をするものだから——収納場所を教えていないものを普通に出して使っていたり、恋人として同棲していると信じているはずなのに一人暮らし用の物件が見つかるまでのルームシェアだと知っていたり——、「ほぼ確信」が「完全なる確信」になっただけだった。

確信した時点で、満希に気づいていると明かすこともできた。それなのにあえて満希の嘘に付き合ったのは、記憶が戻ったのを黙っている満希の気持ち——現状の「恋人」関係を続けたがっている——が理解できたからだ。啓吾も同じ気持ちだったから。

素直じゃないふりでわかりやすい満希も可愛かったけれど、「恋人」として素直な反応をくれる満希はたまらなかった。

そのうち啓吾はできることなら恋人ごっこを終わらせて本当の恋人になりたいと思うように

なったのだけれど、満希の性格を思うと記憶喪失の件について言い出せなかった。

「どうして……？」

「みつくんすごいシャイだから、俺から『記憶が戻ってるんじゃないの？』って聞いたら恋人のふりをしていたときのことをどう処理するか迷って頷けなかったと思うし、下手したら殻《から》に閉じこもって俺を避けるようになる気がしてたんだよね。そんなことない？」

「……ある、と思います」

啓吾の読みは正しい。

だからこそ啓吾は、満希から記憶が戻ったと打ち明けてもらうのを待った。満希の「記憶が戻った」タイミングで改めて告白して、リスタートをきるつもりだったのだ。

これなら満希を傷つけることなく、すんなり恋人同士になれる。両想いなのはわかっているのだから待つのも楽しみのうちだ。

しかしこの作戦には、残念な欠点があった。

満希の「記憶喪失」を信じている前提で今後も付き合うのなら、「記憶喪失」の間は先に進めない。記憶喪失期間のことは記憶を取り戻したら忘れてしまうかもしれないという前提に立つと、関係を進めてしまうのは大人としてあまりにも無責任だから。

「そういうものですか……？」

「そういうものです。だって考えてごらん、もしみつくんの記憶喪失がそのまま続いていた場合、俺は勘違いを利用して『恋人』を名乗ったばかりか、本当は恋人じゃないのにみつくんを抱くっていう話だよ？　最低じゃない？」

「そういう言い方をされたら、たしかに……」

具体的に言われてどぎまぎしながらも頷いたら、啓吾がさらに重ねた。

「しかも、記憶喪失期間のことって記憶が戻ると忘れる症例が多いんだよね。ということは、二人の関係が進展しても記憶を取り戻したときにみつくんは憶えていられない。初キスとか初体験とか、知らないうちに奪われてるの嫌じゃない？」

なるほど、そこまで噛み砕《くだ》いてもらったらさすがに納得できた。

さばさばした人には乙女思考か、と笑われてしまいそうだけれど、人生で一度きりのことなら満希はやはり大事にしたい。初めてはちゃんと憶えていたい。

そして啓吾は、そういう満希の気持ちをたとえ嘘の記憶喪失でも大人として大事にしてやらねばならなかった。遊びじゃないから、なおさら。

「もうねー、ずっと自分との闘《たたか》いだった。みつくんめちゃくちゃ可愛いし、無防備だし」

「か、可愛くなんか……」

「ないわけないでしょう。自覚してないのも可愛いけど」

ため息混じりに「可愛い」を連発されて困ってしまう。しかも思ってもいないことを言わないと言っていたから、恋人のふりをしてもらっていたとき以上におろおろする。

視線を泳がせまくる満希に、ふ、と啓吾が笑った。

「ずっと我慢してたのに、ゆうべみつくんからキスのおねだりされたらもう無理だった。『記憶喪失』のままで俺にキスされちゃっていいの、って思ったけど、おねだりがうれしすぎて理性なんかどっか行ったよね」

本当は軽く唇を重ねたらすぐに離すつもりだったのに、どうしても離せなくてあんなキスになった、なんて言う。

それくらい啓吾にとっても特別なキスだったのに、今朝《けさ》、満希に「記憶が戻った」と急に明かされて――これ以上「恋人」でいることを拒まれて啓吾は戸惑った。それでもリスタートをきるいい機会になると自分に言い聞かせて引っ越しの話をしたら、出て行く予定を告げられてショックを受けた。

「みつくんは小さいころ俺になついてくれてて、ブランクがあってもまた好きになってくれたっぽいけど、キスしてみたら俺に対する気持ちがただの年上の男に対する憧《あこが》れで、本気の恋愛対象にできないって認識を改めたのかと思ったんだよね」

「そ、そんなつもりは……っ」

「うん。そういうわけじゃなくてよかった。だって俺もう、みつくんのこと手放してあげられそうにないし」

にこりと笑って、啓吾が満希の体をホールドしていた腕でぎゅっと抱き寄せる。ドキドキするけれど、いるべき場所に帰ってきたような安堵も覚える。

ぜんぶ説明してもらったことで、臆病な満希もやっと啓吾の気持ちを、言葉を、態度を、心から信じることができた。

結局話し合いに不向きなこの体勢のままだったけれど、ぬくもりを感じていることで、逃がす気のない腕に捕らわれていることで啓吾の言葉を素直に受け止められた気がする。

おずおずと広い肩に頭をあずけると、やさしい手で褒めるようにぽんぽんと撫でられた。子ども扱いのようでそうじゃない。こめかみに口づけまで落とされたから。

(本当に、啓吾さんと両想いなんだ……)

じんわりと胸が熱くなる。重なった胸で鳴る違うリズムの鼓動が、これが現実だと教えてくれる一方で夢見心地にさせる。でも。

「……本当は、僕じゃ駄目なんですよね」

「んん？　なんかまたこじらせてること言い出したね？」

ネガティブ発言にも動じることなく、啓吾が少し笑って満希の顔を上げさせる。

「俺はみつくんがいいんだけど、どこが駄目なの？」

さらりと鼓動を乱すようなことを言われてどぎまぎしながらも、満希はバイト中に聞いた客と千佳子の会話を打ち明けた。

「啓吾さんの結婚とか、子どもとか……」

「ああ、それ、うちの親のは本気じゃないから気にしなくていいよ」

「え」

「接客業ってさ、いい感じの相槌《あいづち》をうって相手の話したいことを気持ちよく話させてあげると円滑《えんかつ》にいくでしょ。あのお客さんは孫を溺愛してる結婚至上主義者だから、話を合わせてただけ」

「で、でも、普通に考えても僕じゃ駄目だと思うんです。結婚がどうこうっていう以前に、僕には赤ちゃんは産めないから千佳子さんに孫の顔も見せてあげられないですし……」

「孫の顔なら友佳《ともか》が見せてあげる気満々だから大丈夫。あいつ、家族でバレーボールチーム作るのが夢なんだって」

それはまた大きな夢だ。ちなみに啓吾の三つ下の妹は来年結婚する予定で、新居のための土地探しをしている最中だという。

「ていうか、女性だからって簡単に赤ちゃんが産めるわけじゃないからね。子どもって授かりものだし、そもそも子どもが産めることをパートナーの必要条件にするのはおかしくない？ どうしても子どもが欲しいなら養子っていう手もあるのに」

真剣な顔で諭《さと》されて、「それはそうですけど……」と満希は眉を下げる。言い分はわかるけれど、それと現実は別じゃないだろうか。

啓吾の母親の千佳子も、いまは満希を気に入ってくれているものの、大事な後継ぎ息子を同性愛者にしたなんて知ったら嫌われてしまうかもしれない。

なんて心配する満希に啓吾はあっさり言ってのける。

「多少びっくりはするだろうけど、あの人なら大丈夫。普通に受け入れてくれると思うよ」

「何を根拠に……」

「息子としても部下としてもよく知ってるから。うちの母親、旦那を亡くしたあと宮永不動産の社長の座を継いだんだけど、小さい子ども二人を抱えて、周りにいろいろ言われながらめちゃくちゃ苦労したせいか、他人にすごい寛容なんだよね。しなくていい苦労ならしなくていい、しないといけない苦労ならみんなで分け合おう、なんならその苦労もしなくていいように環境を変えられるなら変えよう、っていう考えの持ち主だし。そもそも不動産屋なんていろんな人がやってくるし、偏見《へんけん》の有り無しは態度を見てたらわかるでしょ？」

たしかに、千佳子は啓吾の親だけあって誰に対しても朗らかでフェアだ。同性カップルや高齢者は家を借りにくいのがこの国の現状なのだけれど、彼女は拒むことなく、むしろ「困ってるなら助けたい」と積極的に受け入れ、賃貸ＯＫなオーナーさんを探しては提携《ていけい》を結んで物件の安定供給を図っている。

「納得できた？」

「はい」

「じゃあ、自分じゃ駄目だとか、俺のために身を引かないと、みたいなことは二度と考えないでね？　俺のこと好きだったらもっと欲張りになってよ」

こつん、と額をくっつけて囁かれた。真剣な声音に、満希はやっと気づく。

この恋は、もう自分だけのものじゃない。「啓吾のために」などといって勝手な真似をしたって彼を困らせるだけで、二人で大事にしないといけないものだ。

「が、がんばります……！」

「そうそう、がんばって」

笑った啓吾にくしゃくしゃと髪を撫でられる。照れくささに満希も笑うと視線が絡んで、ふっと空気が変わった。

（あ、キス、される……）

これまで何度も感じてきて、空振《からぶ》りだったこの雰囲気。でも、たぶん今度は間違ってない。

（そうだ、目、閉じないと）

ゆうべ言われたことを思い出してぎゅっと目を閉じたら、やわらかなものが唇に重なった。

彼の唇はキスしながら間違いなく笑っている。見えなくてもわかる。

「なん、で、笑ってるんですか……」

「可愛くて」

ちゅ、ちゅ、とごく軽く、じゃれるようなキスの合間になんとか聞くと、笑みを含んだ声で答えた啓吾が満希の後頭部をホールドする。下唇をやわらかく食まれてぞくりとしたら、うす

く開いた口に吐息ごと飲ませるように囁かれた。

「舌、入れてもいい……？」

満希が初心者だから気遣ってくれているのだろうけれど、そういうことを聞かれるのは恥ずかしい。返事の代わりに自分からわずかな隙間をなくして唇をくっつけたら、啓吾がくしゃりと髪を撫でた。隙間からぬるりと艶《つや》めかしいものがすべりこんでくる。

（なに……これ、すごい、気持ちいい……）

口の中がこんなに感じやすい場所だなんて、初めて知った。啓吾の舌は淫らな生き物みたいに口内や小さな舌を余すところなく愛撫して、満希をぞくぞくさせて鼓動と呼吸を乱す。息の仕方なんて気にしている余裕すらない。

髪を撫でてくれる手もいつも以上に気持ちよくて、肌が粟立《あわだ》つ。体温が上がって、全身が感じやすくなる。もっと啓吾にくっつきたくなる。

自分でも気づかないうちに背中に腕を回し、大きな体を抱きしめていた。服の上からとはいえこれ以上ないくらいにくっついているのに、まだ足りない気がしてもっと抱きしめる。熱が溜まった腰が密着するのも気持ちよくてぞくぞくしていたら、濃厚なキスが唐突に終わった。

「……このくらいにしとかないと、ね」

大きく息をついた啓吾が残念そうに呟いて、満希の濡れた唇を指で拭う。

ぽやんと頬を上気させ、息を乱している満希はまだ頭がはたらかない。潤んだ瞳で啓吾を見つめて首をかしげた。

「なんで……？」

「……そういうこと、この場面で言っちゃ駄目だと思うなあ。もっと先までしてもいいみたいに聞こえるからね？」

「もっと先……」

キスより先。舌で交わるよりも深く。重なっている腰の熱は、啓吾のものはまだ満希ほど反応はしていない。でも、平然としているわけでもない。

もっと反応してほしい。もっと。

その先のことを考えるだけでドキドキして、胸が苦しくなる。

「……したい、です」

「え」

「もっと、啓吾さんが欲しいです。してもいいです。ていうか、してほしい、です……」

「ちょ、ちょっと待って、ちょっと落ち着こう。みつくん、ちゃんとわかってる？　俺がしたいって思ってることは、この前バスルームでやったこと以上のことだからね？」

赤くなりながらもこくりと頷くと、啓吾がため息をついて口許を覆った。

「……いや、駄目だろ、落ち着け俺。ＯＫしたからってみつくんが本当に理解してるとは限らないし、今日の今日でいきなりがっつくのは……」

「駄目ですか？　僕、ちゃんとわかってると思います。その……、調べたこと、あるので」

「は」

瞠目《どうもく》する啓吾と目を合わせられずに、視線を泳がせながら満希は打ち明ける。

「僕、いままで本当に啓吾さん以外の人を好きになったことがないんです。小さいころに大好きで、離れたあともほかに好きな人なんてできなくて、気になる子もいなくて、もしかしたら無性愛者なのかなあって思ってたくらいなんですけど、啓吾さんとルームシェアしたらやっぱりすごく好きになっちゃって。それで、あの、バスルームでのことがあったあとに、男同士でもっと先までできるのかなって気になって……」

ネットで調べて、ぼんやりと知っていたことが具体的になった。それでも啓吾が相手ならしてみたいと思った、と小さな声でなんとか訴えると、「マジで……」と啓吾の手が口許だけじゃなくて顔を覆う。

呆れられてしまったかとおろおろしたのに、顔から手を離した啓吾の瞳には熱が灯《とも》っていた。欲望を滲《にじ》ませた視線に鼓動が速くなる。

「ていうか、みつくんにもそういう興味あったんだ」

「あ、あります。僕だって十代男子ですから」

「そっかあ……、そうだよね。でも、なんか不思議。みつくんって天使みたいだからなあ」

そんなにピュアだと思われていたなんて唖然《あぜん》とする。というか。

「啓吾さん、僕のことまだ子どもだと思ってます……？」

純真無垢《じゅんしんむく》なイメージは幼児っぽい。胡乱《うろん》な目を向けると「まさか」と即答で否定された。

「ていうか、小さいときのみつくんにやらしいことしたいなんて一ミリも思ったことないし、こんなにドキドキしたこともないよ」

手を取られ、胸の上に置かれる。力強い鼓動は満希と同じくらい速い。落ち着いて見えるのに、彼も見た目ほど平気なわけじゃないのだ。

「恥ずかしがりやの天使がえっちなこと考えてるって、すごい興奮するよね」

その天使は間違いなく満希のことで、返事に困る。でも、「興奮する」と言ってもらえてほっとした。

「引かれなくてよかったです……」

「え、なんで引くの？」

「もともと啓吾さんは女の人が好きなのに、僕は男だし……」

「あ、またそういうこと言うの？　んー……それって、俺の恋愛対象がこれまで女性だったのはたまたまだとは思えない？」

「たまたま、ですか」

「だって俺、性別で元カノたちと付き合ってたわけじゃないし、みつくんが男の子だからってこんなに好きになったわけじゃないし」

「それは……そうかもしれませんけど」

そんなにあっさり割り切れない。歯切れの悪い返事に呆れられてもおかしくないのに、啓吾はふふっと笑った。

「まあ、そのへんの不安は俺が時間をかけてなくしてあげればいいか。俺のことが好きすぎて不安になってるみつくんも可愛いし」

「……なんか啓吾さん、余裕ですね」

「みつくんのおかげかな」

「僕の……?」

「赤ちゃんのころから俺のことが好きで、ブレずにずっと好きでいてくれてるから、安心していられるのかも。飽きられたり余所見《よそみ》されたりしないように頑張らないとな、とは思うけど。とりあえずみつくんは、不安になってる暇があったら一生俺に愛される覚悟をしたらいいよ」

「い、一生って……」

「あれ、そのつもりじゃなかった？　子どもの話までしてたのに」

「や、だ、だってあれは仮定の話で……っ」

「仮定する時点でそれくらいのスパンで考えてるってことでしょ。てことは俺と家族になる前提でＯＫだよね？　おふくろの話もしたし」

「いや、でも……っ」

「でもなに？」

にっこり、それでいてなんだか圧を感じる切り返しを受けて、満希は口ごもる。すらすら話を進めてしまう啓吾に戸惑って口を挟もうとしていただけで、深く考えてはいなかった。

そして考えてみたら、反対意見自体がなかった。

物心がつく前から好きだった人にそこまで言われて、嫌なわけがない。夢でもみているようでついていけずにあわあわしていただけだった。

ようやく認めた満希に、啓吾が思案顔で呟く。

「あとはみつくんちか。俺を信じて預けてくれたおじさんとおばさんに申し訳ないけど……」

「だ、大丈夫です」

両親への義理で啓吾の気持ちが冷めたりしないように、満希は急いで遮った。

「うちもけっこうおおらかっていうか、そこまでうるさい人たちじゃないので」

「うん、知ってる。素敵なご両親だよね。ただ、信頼を裏切ることになるのは本当になんて謝ったらいいのか……。たぶん俺、克希と親父さんに一、二発は殴られるな」

「そんなことないと思いますけど、そのときは僕も半分引き受けます」

苦笑混じりに自分の頬を撫でる啓吾の手に手を重ねて本気で言うと、彼が笑った。

「ありがと、気持ちだけ受け取っとくね。みつくんが殴られたら、俺、間違いなく反撃して修羅場《しゅらば》になるし。ていうかあの二人は絶対みつくんには手を上げないと思うけど」

するりと手首を返して満希の手を摑まえた啓吾が、手のひらにキスを落とす。くすぐったさに身をすくめると、指先にも順にキスを落とされ、中指の先を軽く嚙まれた。ジン、とそこから甘い痺れが広がる。

「啓吾さん……」

「ん？」

「もっと先、は……？」

さっき、したいって言いました、と目で訴えると、啓吾の瞳が甘い笑みに細められる。

「布団でね」

低く囁かれ、口づけられた。啓吾のキスは甘くてやさしい。ふわふわと気持ちよさに浸っているうちに濃度を増して、快楽で満希の体の力をぜんぶ奪い去ってしまう。

「しっかり摑まってて」

「ふ、ぇ……？」

囁かれてとろりと潤んだ瞳で見上げたら、満希を抱いたまま啓吾がソファから立ち上がった。

コアラだっこ状態で彼の部屋に向かって歩きだす。

「あのっ、僕、自分で歩きます……！」

「んー？　みつくんもう歩けないと思うよ。勃ってるし」

「！」

「当たってる感じからして完勃ちだよね？　キスだけでそんななっちゃうの、すっごい可愛い」

指摘どおりだけれど、めちゃくちゃ恥ずかしい。啓吾の首筋に赤い顔をうずめて隠すと、「そうやって抱きしめてくれると助かる」なんて上機嫌に褒められた。

スライドするだけで開く襖は行く手を邪魔せず、布団を伸べるのも啓吾の片手で一瞬だった。満希は一度も恋人から離されることなく布団に組み敷かれる。

余計な言葉もなく、唇が再び結びあう。キスの快楽に酔っているうちに着衣を乱され、恥ずかしさを覚えても抵抗できないでいるうちに生まれたままの姿にされる。

無防備な肌を味わうように大きな手が触れる。撫でられているだけなのに、手のひらの熱と慣れない感触にドキドキして、ぞくぞくする。

「ん、ン……ッ」

胸をするりと撫でられた瞬間、びくっと体が跳ねてキスがほどけた。啓吾が色っぽく唇を舐《な》めて、薄く笑う。

「……ここ、好きそうだね。もっとしてほしい？」

つんととがったそこの周辺を指先でなぞられると背筋がざわざわして、突起の先端がきゅうっと切なくうずく。

「んん……っ、そこ、なんか……っ」

「ん？」

「へん、です……。いつもと、違う……」

戸惑いもあらわな満希に、啓吾が甘やかに目を細める。

「そうだね。これと一緒だよ」

「ひゃう……っ」

不意打ちで張りつめた中心を直接握りこまれて、おかしな声が飛び出した。かあっと赤くなって口許を抑えるのに、大きな手のひらで包みこんだ全体を軽く揺するようにされたら吐息混じりの甘い声が漏れてしまう。

「ここも、普段はこんなに敏感じゃないでしょう？　いつもこんなだと日常生活がままならないし。乳首もおんなじ。いますごく感じやすくなってるだけ」

それを証明するように啓吾がとがっている胸の先に軽く触れる。それだけで鮮烈な感覚が走って大きく背がしなるものの、さらにくりくりところがされて動揺した声が飛び出した。

「あっ、あっ、ダメです、そこ……っ」

「ダメじゃないよ。怖がらなくていいから、素直に感じてみて」

甘く囁く唇が胸へと下りて、指で弄られていない方のとがりを含む。

「あぁあ……っん」

「はあ……みつくん可愛い……。ここ、気持ちいいね？」

「んっ、きも、ち、いい……っ」

ほとんど無意識に繰り返すと、ぶわっとさらに全身の感度が上がった気がした。とろりと蜜が溢れて、中心を煽《あお》っている啓吾の手を濡らす。濡れた音がたって鼓膜まで嬲《なぶ》られ、さらに溢れてしまう。胸で生じた快感が体の中心のそれと呼応して全身で渦巻《うずま》いた。

「あっ、あっ、や……っ、ん、もう……っ」

「イきそう?」

こくこくと頷くと、「いいよ。一回イっちゃおうか」と愛撫の手がさらに淫らになった。吐《と》精《せい》を促す動きに耐えきれず、首筋を甘く噛まれた瞬間に決壊する。

「んっ、んっ、ぅー……っ」

びく、びくんと四肢《しし》を震わせて放っている間も啓吾の手と口の愛撫はやまない。気持ちよすぎて間欠泉のような噴出がいつもより長くなり、出し終えたときにはぐったりしてしまった。

大きく息を乱している口許を押さえている手に、やわらかく口づけられる。快楽の涙でとろとろに潤んだ瞳をなんとか開けたら、苦笑混じりに甘くなじられた。

「なんで声、抑えちゃうの?　聞きたいのに」

「……恥ずかし、です……」

「恥ずかしくないよ。気持ちいいときに声が出ちゃうのは普通だし、みつくんの声、すごい興奮する」

ほら、と腿《もも》にごりごりになった熱塊《ねっかい》を押し当てられて、心臓が跳ねる。

（すごい……、啓吾さんのが、こんなに……）

自分なんかでこんな風になってもらえるなんて思わなかった。声を抑えたのも、無意識に男のあえぎ声で萎《な》えられたらどうしようと思っていた部分があった。

あれだけ啓吾に諭されても、どうしても満希はすぐに自分が男であることに負い目を感じてしまう。同性だからずっとかなわないと思っていた恋心の弊害《へいがい》だ。

だからこそ、抱いてほしいと思ったのかもしれない。言葉だけじゃなくて、嘘をつけない体で信じさせてほしくて。

そしていま、感動している。うれしい。啓吾が本当に欲しがってくれている。

胸から溢れるように気持ちが声になると、目を瞬いた彼が、ふ、と甘く笑った。

「啓吾さん……好き……」

「うん。俺もみつくんが大好きだよ」

「好き」が「大好き」になった。照れ笑いしながら満希が「僕だって啓吾さんが大好きです」と返すと、「俺はみつくんを愛してるけどね」とレベルアップされる。

「あい……してる、って、照れませんか」

「俺は平気。……みつくん、返してくれないの？」

鼻先をつけて、ねだるように言われたらとてもじゃないけれど逆らえない。自分よりずっと体の大きい、年上のひとに甘えられると胸がきゅうっとなってしまう。

「……僕も、啓吾さんを、愛して……ます」

なんとか言ったものの、やっぱりめちゃくちゃ恥ずかしい。広い背中に回していた腕で抱きしめて啓吾の首筋に顔をうずめて隠すと、満足げに笑った彼にくしゃくしゃと髪を撫でられた。その手で軽く髪を引いて誘われ、おずおずと顔を上げると、可愛いなあ、と雄弁に語る眼差しの啓吾に軽いキスで唇をついばまれる。

それが幸せで唇がほころぶと、まだ乱れている呼吸ごと飲みこむように深く口づけられた。覚えたばかりの、舌を絡ませあうキスの快楽。うっとりと味わっているうちに達したばかりの自身がまた熱を帯びる。と、そこをずっと愛でるように撫でていた手の動きが変わった。

「んっ、んん……っ？」

何か言おうにもキスのせいで声にならない。その間にも啓吾の手は過敏になっている満希の中心を煽り、再び実らせてゆく。ぐちゅぬちゅと淫らに濡れた音がたつのはさっき満希が放った蜜のせいだ。

「んっふ、ん、んぅ……っ」

立て続けの快感は慣れなくて少し怖い。無意識に広い背中に爪をたてたら、ようやくキスがほどかれた。愛撫の手もゆるむけれど、止めてはくれない。

「ごめん。ここ、なんか可愛くて」

「か、かわ……!?」

「色も形も綺麗だし、さわり心地いいし、反応いいし、みつくんが気持ちよくなってるの教えてくれるし、ずっと弄《いじ》っていたくなるんだよねえ」

言いながら、長い指であやすように満希の果実を愛でている。

男ならではの器官を嫌がらずに気に入ってもらえたのはうれしいけれど、そんなところまで可愛い扱いされたらどう返したらいいのかわからない。というか、ずっとゆるい快感を与えられ続けるというのもつらい。

「そこ、ばっかり、しないで……っ」

力の入らない手をなんとか悪戯な手に重ねて止めると、う、とうめいた啓吾が満希の首筋に顔をうずめて嘆息した。

「はー……、涙目で、全然抵抗できてない感じで止めるのとかエロ可愛いがすぎる……。しかもいまの言い方だと、ほかのとこならＯＫって感じだし……。なんか、みつくんヤバいね」

「や、ヤバいですか」

「うん。めちゃくちゃ俺好みすぎて困る。気持ちいいことだけしてあげたいのに、我慢できなくなりそう」

首筋で呟く低い声はため息混じりで、本当に困っているっぽい。なのに、ふつふつと喜びが湧いてくる。

「我慢してくれなくていいです」

大きな体を抱きしめて囁く。背中が少しこわばった気がしたけれど、重ねて言った。

「啓吾さん好みなの、うれしいです。もっと、啓吾さんに僕のこと好きになってほしいです。だから……ぜんぶ、好きにしてください」

「……はあ、みつくんほんとにヤバい……。そんなこと言われたらくらくらする。ていうか、もうこれ以上ないくらいに好きだからね？」

顔を上げた啓吾が視線を合わせて言う。ドキドキして胸が苦しくなるのに、幸せで笑みがこぼれる。

「僕も、これ以上ないくらいに啓吾さんが好きです」

「ああもう、また可愛い爆弾落としてくる。必殺理性破壊人はちょっともう黙ってようか」

甘いキスで唇をふさがれた。笑って受け入れ、キスで愛しあっていたら、満希の果実に絡んでいた指がとろとろに濡れたまま下へと移動していった。やわらかな袋を弄び、会陰《えいん》をたどってさらにその奥へと。

ぬるり、と秘められた蕾《つぼみ》に啓吾の指先が触れた。びくんと小さく腰が跳ねると、彼がキスをほどく。

「怖い？」

やさしい声の問いかけに、かぶりを振る。

「いまのは、勝手になっただけです……。なんか……すごく、ぞくってして」

「もしかしてみつくん、ここもすごく感じやすい？」

ぬるつく指で蕾の表面を軽く撫でられると、悪寒《おかん》なのか快感なのかもわからない感覚が背筋を這《は》いあがって全身を震わせる。でも、嫌じゃない。すごくくすぐったいような感じで、もっとしっかりさわってほしいような気がするだけ。

そう言ったら、啓吾が満希の希望を叶《かな》えた。さっきより強く押しつけるようにして揉みこまれたら、そこまで伝っていた蜜がちゅくちゅくと水音をたてる。きゅうんと蕾がうずくような感じがして、は、と息をついたらつぷりと長い指の先がそこに入ってしまった。

「あ、うそ、こんな、簡単に……？」

「先にイかせておいたのがよかったみたいだね。……ん、でも、もうちょっとぬめりがあった方がいいかな」

少し体を起こした啓吾が腕を伸ばし、枕元にあった蓋《ふた》つきの箱の中から何かを取り出した。封を切っていないシンプルなデザインの箱と、こちらも新品らしきボトル。きょとんとしている満希に彼がどこか後ろめたそうな顔になる。

「ごめん、じつは今後に期待して、ひそかに用意してた」

「用意……？　あ」

避妊具と潤滑用《じゅんかつよう》のジェルだ、と察して赤くなるけれど、彼にその気があったことに胸が鳴る。

「あ、ありがとうございます……」

「うわあ、ここでお礼言ってくるの？　もうほんとにみつくんは……！」

何か変なことを言ってしまっただろうか、と戸惑う満希に啓吾が愛おしげに目を細めた。

「こんなに早く使えるとは思わなかったけど、欲望に忠実になっといてよかった」

悪戯っぽく笑った啓吾が指にゼリー付きのゴムを着けて、さらにボトルのローションまで足す。再び戻ってきた指に触れられると、ぬちゅ、と有り余るほどのぬめりに粗相《そそう》をしてしまったような恥ずかしさを覚える。

「そ、そんなに濡らさないと駄目ですか……？」

「大丈夫かもしれないけど、たくさん濡れてる方が痛くないんだって。俺、みつくんにえっちなこと好きになってほしいから、気持ちいいことだけ教えてあげたいんだよねえ」

にこりと笑ってとんでもないことを言った啓吾が、にゅるにゅると蕾の周りをぬめる指先で撫で回し、身を震わせる満希がぎゅっとしがみついてきたところでつぷりと指先を押しこむ。

たっぷりのぬめりの効果は抜群《ばつぐん》で、さっき以上になめらかにそこは啓吾の指を受け入れた。全然痛くない。むしろ、ぬぷぬぷと浅く抜き差しされるとちょっと気持ちいい。

指一本を根元まで埋めこまれたらさすがに違和感はあったものの、つらくはなかった。ただ、目で見ている啓吾の格好いい指はすらりとしているのに、体内で感じるのは違う。

「ほんとに、指、一本です……？」

「うん。そんなにきつい？」

「きつくはないんですけど、すごく、大きく感じるので……。指一本でこれだと、啓吾さんのが入ってきたら、どうなるのかなって……」

　不安げに寄った眉根をひらくように、やさしいキスを落とされる。

「怖がらなくても、みつくんがつらいならしないよ。子作りのためじゃないし、どうしても挿《い》れないといけないってわけじゃないでしょう」

「でも……」

「一緒に気持ちよくなれる方法はいろいろあるよ。みつくんとしたのもあるけど、ほかにもね。……知りたい？」

　色っぽくもちょっと悪い顔で問いかけられて、どぎまぎしながらも満希は頷く。ふふ、と啓吾が甘く笑った。

「じゃあ、もしものときはそっちをレクチャーしてあげる。まあ、俺のを挿れられたとしても二人でたくさん楽しみたいから徐々に教えていくけどね」

「！」

　これからの予定を明かされて目を丸くした満希に軽いキスをして、啓吾が埋めこんだ指をゆっくりと動かす。

「でも、まずはもう少しこっちを弄らせて。みつくん感じやすいから、たぶんここもすごく好きになれると思うんだよね。出し入れされるのは気持ちいい……？」

「んっ、はい……」

そんなところで気持ちよくなってしまうのを認めるのは恥ずかしいけれど、聞いてくる恋人が気遣ってくれているのがわかるから素直に頷く。

「中にもイイところがあるらしいんだけど……」

「あッ、あっ、やぁっ、そこだめ……ッ」

「ん、ここだね」

内壁を調べるように慎重《しんちょう》に抜き差ししていた啓吾がにっこりして、逃げそうになる細い腰をがっちり捕まえた。満希が反応したところを埋めこんだ指先で的確に刺激してくる。

「やぁあっ、や、そこ、へんです……っ、だめ……っ」

「大丈夫だよ、みつくん。駄目じゃないから。ここ、気持ちいいところだから覚えて」

「ひっ、ん、だって、そこ、怖い……っ」

ぐりぐりと押されるたびに張りつめた自身の先端から勝手に蜜が漏れるのだ。強すぎる感覚は気持ちいいかどうかもよくわからない。

ぼろっと混乱の涙がこぼれると、手をゆるめた啓吾が目許を舐めてやさしい声で囁く。

「怖いじゃなくて、気持ちいい、って言ってみて?」

「きも、ち、い……?」

「そう。ね……、ここ、気持ちよくない?」

上気した頬や目許にキスを落としながら、さっきよりもずいぶん手加減している強さで例の泣きどころを刺激される。

「ん……っ、ん、きもち、いい……」

そんな気がして口にしたら、ぞくん、と体が内側から痺《しび》れた。さっきまでの得体の知れない不安がふいに鮮やかな快楽に塗《ぬ》りつぶされる。内壁が貪欲《どんよく》に啓吾の指に絡み、もっと強い刺激を求め始める。

「あぁ……っん、やぁっ、なんで……っ、ほんとに、……もち、いい……っ」

「言葉にしたことで、ちゃんと自覚できたんだよ。胸のときとおんなじ。みつくん感じやすいから、ほかにもいっぱい好きなところあると思うよ。ぜんぶ探してあげる」

甘く囁く唇が頬からあご、首へとたどり、目立たない喉仏を舐めて鎖骨《さこつ》を軽くかじる。どうしてそんなところで、と思うのにぞくぞくしてたまらないのは、内壁の弱いところを嬲《なぶ》る指に遠慮がなくなってきたぶん、快感の濃度も増してきたせいだろうか。

形のいい唇は肩に移り、さらりとした髪が触れるくすぐったさにはっとして止めようとしたときにはぷつんととがった胸の突起に吸いついていた。

「ひぁあんっ、だめ、啓吾さんっ、いっしょはだめ……っ」

「気持ちよくなりすぎる?」

こくこく頷くと、胸元で啓吾が満足げに笑った。

「全然問題ないよ。もっと気持ちよくなって、もっと俺だけのみつくんを見せて」

「やっ、やぁ……っん」

ぬぐ、と蕾を犯す指を少し強引に増やされる。なのに、すでに欲張りになっていたそこは圧迫感さえ簡単に別の感覚にすり替える。胸を口で愛撫しながら抜き差しされたらどちらからも強い快感が生まれて、さらに指を増やされても満希の粘膜は従順に受け入れ、彼になついた。

熱くなった全身が快楽に満たされているのに、啓吾に前をさわってもらえないせいで満希の熱はどこまでもわだかまる。

「啓吾、さん……っ、も、出したい……っ」

気持ちいいのが続きすぎて苦しくなってきた満希が恥ずかしさを感じる余裕もなく泣きながら訴えると、胸元で啓吾が顔を上げた。彼の口からようやく解放された小さな突起は濡れてとがりきっていて、薄紅色だったはずなのにいまや熟した果実のように色づいている。

「いまイかせた方がいい？　俺のを挿れたあとの方がよくない？」

「わか……ん、な、です……っ」

「だよねえ……。俺もどっちがいいかよくわかんないし」

しゃくりあげる満希の髪をなだめるように撫でて、啓吾が思案顔になる。

その手はいつものようにやさしいけれど、全身が過敏になっているいまはもう快楽を煽る愛撫でしかない。乱れた息の合間に甘い声が漏れ、触れられてもいない自身から透明な蜜がとろりと溢れる。それはずっと満希にも止めようがなく溢れていたせいで、薄い腹部は二度目の吐精をしたわけでもないのに恥ずかしいほどぬるぬるだ。

体を伸ばしてきた啓吾が満希の潤みきった瞳と視線を合わせて聞いてくる。

「みつくんはどっちがいい……？」

わからないからには、受け入れる側である満希のしてほしい方でしてくれる、ということだ。満希にもどっちがいいのかはわからないけれど、挿入《そうにゅう》の前に達してしまったらもう力尽きてしまいそうだ。

震える唇で息を吸って、かすれ声で答えた。

「も……、挿れて、ください……」

これ以上出せないまま愛撫される方がつらい、と訴えると、ようやく啓吾が埋めこんでいた指を抜いてくれた。ずるり、と出てゆく感覚だけでもう甘い声が勝手に漏れてしまう。

啓吾が新しいゴムに手を伸ばしたのに気づいて、とっさに満希は止めた。

「あの……っ、それ、どうしてもしないとダメですか」

「え、どうしてもっていうか……、もしかして、着けないでしてほしかったり……？」

戸惑ったような確認にこくりと頷くと、啓吾が「んー……」と迷っているように眉根を寄せる。その表情に慌てて彼の手を解放した。

「い、いやだったらいいんです。お尻ですし、やですよね……っ、すみません」

「あ、違う違う、そうじゃなくて。中に出したらみつくんがおなか痛くなるらしいから迷ったんだけど……あとで洗ってあげればいいかな。俺としてはみつくんを直接感じられるのっれしいし、すごい興奮する」

額をくっつけた啓吾が、ひどく熱っぽい声でそんなことを言う。

ぐっと両膝を割られ、脚を大きく開かされた。とろとろにほころばされた場所に熱の切っ先を宛《あて》がわれて、灼《や》けるような熱さ、ぬるつく感触に鼓動が速くなる。

「……そういえば俺、ゴムなしでするの、初めてだ」

感慨深そうな啓吾の低い呟きに、きゅうんと内壁がうねって蕾が熱の先端を食んだ。唇が勝手にほころぶ。

「みつくん……？　なんかうれしそうだね」

「だって……、啓吾さんの初めて、もらえるなんて思ってなかったから……」

十歳年上だし、啓吾はモテる。だからこそなんでも経験済みだと思っていただけに、自分でも意外なほどうれしい。ふ、と啓吾が笑った。

「そう言ってもらえたら、俺もうれしい。入るね……？」

「はい。啓吾さん……」

「ん……？　キス？」

名前を呼んだだけで察してくれた彼に頷くと、しっとりと唇が重なる。自然に開いた口に舌が入ってくるのと同時に、ずちゅ、と濡れた音と共に熱塊も押し入ってきた。

「ん……、ン……っふ……っ」

あらぬ場所が限界まで開かされているように軋むものの、たっぷり使われたローションのおかげか痛みはほとんどなくて、圧迫感と摩擦感《まさつかん》が強い。気持ちいいかどうかはわからないけれど、繋《つな》がったところが熱い。

啓吾は自分の太さと熱さに馴染ませるように、小刻みな抜き差しを繰り返しながら侵入を深くしてゆく。ふいに、ごり、と泣きどころを抉《えぐ》られて腰が跳ねた。

「んんぅ……ッ、んっう、ひん……っ」

強烈な感覚に背がしなるのに、しっかりと満希を抱きしめた啓吾の腕も口づけもゆるまない。そこばかりをごりごりと刺激されて目の前がチカチカする。

啓吾のキスは大好きだけれど、挿入時に欲しがったのは失敗だったかもしれない。舌を深く絡められたままではまともな言葉が紡《つむ》げず、もうやめてと訴えることもできない。

苦しいほどの感覚に本能的に広い背中に爪をたてたら、やっとキスがほどかれた。互いの唇をつなぐきらめく糸を艶めかしく舌で切って、啓吾が涙に濡れた満希の目尻に口づける。

「どうしたの？」

「……あの場所、ばっかりは、ちょっと、怖いです……」

息が乱れているせいできれぎれになってしまいながらも正直に伝えると、「ごめん」と啓吾が反対側の目尻にもキスを落として涙を吸い取ってくれる。

「前立腺のとこすると、みつくんの反応がいいし、中がうねりながら締めつけてきてめちゃくちゃ気持ちよかったから、つい」

「……っ、き、気持ちよかったですか、啓吾さんも」

「うん。ていうか、みつくんのなか、すごいよ。まだ途中なのにやみつきになりそう……」

はあ、と大きく息をつく啓吾の額には汗が玉になっていて、余裕があるように見えていた彼がかなり自制してくれていたことにいまさらのように気づく。

胸がじんわりして、啓吾が自分の体で快楽を得てくれていることにも喜びを感じた。満希は汗に濡れた広い背中に回していた手で恋人を抱きしめる。

「うれしいです。もっと奥まできて、もっと気持ちよくなってほしいです……っひゃん!?」

途中まで埋めこまれているものがびくんと大きく動いて、おかしな声が飛び出してしまった。サイズまでさらに増した気がする。

「あーもう、あんま煽んないで。イきそうになったじゃん……」

「え、あ、どうぞ……っ」

僕も一回イってますし、と勧める満希に啓吾が噴き出す。繋がっているところまで振動が伝わって二人同時に息を呑んだ。

もう一度大きく息をついて、啓吾が満希の上気した頬を撫でながら苦笑する。

「途中で終わっちゃうような格好悪い真似は、年上としてはできないなあ。……続けても平気？」

「はい……。すみません、止めちゃって……」

「ううん。怖かったり、嫌だったりするときはいまみたいに教えて。みつくんがあんまり可愛いから、なんか俺、うっかり暴走しそうだし」

そう言いながらも、侵入を再開した啓吾はやっぱり自制してくれている。感じやすい首筋を口で、快楽の中枢《ちゅうすう》を絡めた長い指で愛撫しながら、満希の反応を見つつゆっくりと自身を隘路《あいろ》に埋めてゆく。

指のときに思ったけれども、体内で受け止める感覚は慣れないせいかすごく大きく感じる。これ以上はもう入らない、と思うのに、さらに深くまで入ってくるのだ。喉元まで満たされてゆくような体感に呼吸もままならなくなる。

ようやくすべてを収めた啓吾が、満希の上気した頬を手のひらで包んで濡れた瞳と視線を合わせた。

「みつくん、大丈夫……？」

「はい……。こんなに……啓吾さんがいるの、すごい……しあわせです……」

自身からこぼれた蜜でとろとろに濡れているおなかを撫でて、幸せな笑みをこぼした満希に啓吾が逞《たくま》しい体をこわばらせる。中のものが大きく脈打った。

「ん……っ、啓吾さん……っ？」

「……もうほんと、みつくんヤバい。可愛すぎて危険」

「なに言って……」

「お願いだからもう黙ってて。俺が無様《ぶざま》なことになる前に一回最後まで愛させて」

目を合わせて囁いた啓吾の視線は強く、表情にもどこか余裕がない。声を出さずにこくりと頷くと、ちゅっと軽いキスをされた。

「いい声は聞かせて。いっぱい」

「……っ？」

大きく目を瞬いた矢先、愛撫のおかげで挿入の間も力を失っていなかった満希の果実に絡みついている指の動きが変わって息を呑んだ。

「あぁ……っ、あっ、やん……っ」

「ん……、そう。可愛い声、もっと出して。動くね？」

明らかな快感を前から与えながら、ずちゅ、ぐちゅ、と後ろでは奥の方を突き上げるようにしてくる。まだ大きな動きじゃないのに、突かれるたびに目の前が一瞬白くなり、押し出されるように溢れる蜜が恋人の指を濡らした。

「あぁあっ、ひ、んっ、なに、これ……っ」

「ん……っ、これ、やだ？」

低い問いかけにかぶりを振る。

「きもち、い……っ」

「よかった。俺もすっごい、気持ちいい」

熱っぽい声で返されて、響きあうように快感が増幅《ぞうふく》する。抜き差しのストロークがだんだん大きくなり、ゆっくりだったスピードが速くなっても、悦楽の濃度が増すばかりだった。甘い声も涙も抑えられない。

どうしてそんなところでこんなに気持ちよくなってしまえるのかわからないし、強烈すぎて怖いくらいだ。けれども大きな体に抱きついていると安心できて、満希は初めての感覚を受け止め、溺《おぼ》れる。

限界はあっという間にやってきた。

「あっ、あッ、だめ、そこは、も、出るから……っ」

「ン……、いいよ、出して。一緒にイこう、ね」

口許で囁いた啓吾が突き上げを激しくして、とろとろに濡れそぼって張りつめきった満希の先端をぐりっと爪で抉る。

「ひあぁあっ、あぁー……ッ」

あられもない声が喉を震わせ、止めようもなく白濁が迸《ほとばし》った。啓吾が息を呑み、奥の奥まで勢いよく突き入れられる。

「……っく、はぁ……」

ぶわっと最奥《さいおう》で溢れた熱に粘膜を灼かれ、絶頂の波が高くなる。ぐっ、ぐっ、と逞しい腰を押しつけながらすべてを中に出されたら、過敏になっている内壁が摩擦《まさつ》にびくびくしながらうねり、達したばかりの自身からとろっと残滓《ざんし》まで溢れた。

大きく息をついた啓吾が覆いかぶさってきて、ずしりとした重さに満希は胸を満たされる。二度と離れたくないような気分で広い背中を抱きしめたら、体を重ねたまま啓吾がごろりと横になった。まだ入っているもののせいで身を震わせた満希の内壁がうねり、啓吾も息を呑む。

「あー……ヤバい。みつくんのなか、ほんとすごい……。治まんなくなりそう……」

色っぽく眉をひそめて呟き、ずるりと芯の残る自身を引き抜いた。出てゆく感覚にぞわぞわと背筋が甘く痺れる。

「やぁ……っ」

「ああ、ごめんね。挿れたままだとまたしたくなっちゃうから」

ちゅ、と泣き濡れた頬にキスをくれた啓吾に抱き寄せられ、汗に濡れた熱い肌が密着する。くっついているだけで気持ちよくて、満希はもっとくっつきたくて自分から身をすり寄せる。

ふ、と愛おしげに笑んだ啓吾が濡れた目尻や頬、鼻先にキスの雨を降らせてくる。愛おしまれているキスはうれしくて幸せだ。でも、唇が寂しい。まだ息が乱れている満希の呼吸を邪魔しないためだとしても。

自ら顔を動かして、満希はキスの雨を口で受け止める。重なった唇で啓吾が笑い、満希の望みどおりにキスを深めた。水音をたてて交わっていると全然体の熱が引かない。むしろ、もっと欲しくなる。もっとくっつきたい。さっきみたいに。

密着している肌をもっとくっつけると、下腹部を熱いものが押した。啓吾もまだ昂《たかぶ》っているのだ。

「啓吾さんの……」

「あー、ごめん。みつくんがエロ可愛くて、最高すぎたからねえ。でもまあ初めてなのに無理させる気はないから気にしないで……って、みつくん!?」

片手を伸ばして握ってみると、啓吾がいつになく動揺した声をあげた。手の中のものもぐんぐんサイズを増してゆく。

「すごい……」

「ちょ……っ、なにしてんの、やめなさい」

もっと大きくなるようにと満希が手を動かしているせいで、啓吾の声は快感をこらえて色っぽい。ぬるついているのはさっき彼が出したもののせいだろうか。

「こら、みつくん……！」

とうとう啓吾に手首を摑んで止められてしまった。彼のものは完全に復活している。

「もう……、なんてことしてくれるんだか……」

「だって……」

「だってなに？」

「なんか……、啓吾さんがいなくなったの、寂しい感じがしてるので……」

快楽の余韻で頭がまともにはたらいていないからこその満希の素直な答えに、うっと啓吾がうめく。「出たよ、必殺理性破壊人……」とため息をつかれたのは心外だけれど、大きな手でお尻を揉みこまれたら文句の代わりに甘い声しか出てこなかった。

その手が移動して、どろどろに濡れてやわらかくほころんでいる蕾に指先で触れた。さっきまで太いものをのみこまされていたそこは、ぬぷりと入ってくる指をやすやすと受け入れたばかりか、うれしげに絡みつく。

「ここ？　俺のが入ってないと寂しい？」

「……んっ、ん、すみま、せん……」

「なんで謝るの。めちゃくちゃうれしいし、煽られるのに。……本当にいいの？」

確認に、頬が熱くなるのを感じながらもこくりと頷く。ずるりと指が引き抜かれ、代わりにさっき以上になめらかに恋人の熱が入ってくる。

自分から形のいい唇に顔を寄せて口づけると、抱きしめる腕がさらに強くなって啓吾がキスを深める。これ以上ないくらいに交わりあう歓びに満たされながら、二人で再び悦楽の海に溺れていった。

【7】


葉を落とす木々や街中に流れるクリスマスソングに冬の気配を感じるようになった、数ヵ月後。

満希《みつき》はマンション住まいになっていた。ちなみに一人暮らしじゃない。恋人と一緒に、蜜月そのものの「管理物件でのルームシェア」をしている。

管理物件のルームシェアという名目は世間的に便利だし、引っ越しが多ければ頻繁《ひんぱん》に断捨離するから余計なものが増えない。「管理」するからには綺麗に住むのが大前提だから気を遣う部分はあるものの、もともと片付いている状態が好きな満希にとって掃除は苦じゃないし、いろんな物件に住めるのは楽しい。

そのうち定住したくなったら不動産を購入しようかと啓吾《けいご》と話しているけれど、いまのところはその「いつか」のための理想の物件を探しつつ、間取りや立地、建材などの相談をしているだけで満足だ。

「ただいま〜」

夕飯の支度をしていたら啓吾が帰ってきた。「おかえりなさーい」と玄関に向かって大きな声で返し、キッチンで立ち働いていたらLDKのドアが開く。ジャケットを腕にかけている彼はここに来るまでの間に手洗いとうがいをすませていて、鞄《かばん》と上着をソファに置くなりまっすぐ満希のところにやってきた。

コンロに向かっている満希を背中から長身で囲んで、見上げる唇にキスをする。ちゅ、と軽く一回、それからもう一回。少しだけ舌を戯《たわむ》れさせて、本格的に味わいたくなる前に名残惜しげに切り上げる。

首筋に顔をうずめた彼がため息をついた。

「あー……、こんなキスじゃ足りない」

「啓吾さん……」

困り顔になってしまうけれど、じつは満希も同じ気持ちだ。

甘くて軽やかなキスは幸せだけれど、ちょっと味わうともっと欲しくなる。新婚ラブラブモードというのもさることながら、たぶん、相性がよすぎるせいだ。

初めて愛しあったとき、満希は啓吾から与えられる快楽にのまれて途中から酩酊《めいてい》状態にあった。おかげで普段のシャイさはどこへやら、自分から求め、乱れ、あとから思い出したら恥ずかしすぎて死んでしまいそうな痴態《ちたい》をさらしてしまった。

気を失って力尽きた体をお風呂に入れてもらい、しばらく眠ってから目が覚めたときに満希は布団から出てこられなくなっていたのだけれど——足腰が立たなかったというのもある——、羞恥に悶《もだ》える満希を根気よくなだめ、甘やかす声と手で誘って、啓吾はなんとか布団の卵から孵《かえ》した。

「僕、自分があんなにえっちだって知らなかったです……」

啓吾の胸にもたれさせられた満希がホットレモネードを飲ませてもらいながら涙目で打ち明けると、くしゃくしゃになった髪を指先で梳《す》いて恋人が苦笑する。

「じつは俺も」

「！　や、やっぱり、呆れましたよね……っ」

「いや、そうじゃなくて。俺もあんなに止まんなくなったの初めてだった。無理させちゃってごめんね……？」

反省の口調で謝られたけれど、誘ったり受け入れたりしたのは自分だし、また彼の「初めて」をもらえてうれしかったからかぶりを振る。たしかに最後はイきすぎて気を失うという人生初の経験まで至ったものの、それほど啓吾の理性を吹き飛ばせたのは喜びだ。

たどたどしい言葉になってしまいながらもそんな気持ちを伝えると、満希の首筋に顔をうずめた啓吾がため息をついてぐりぐりした。

「ああもう、みつくんヤバい可愛い大好き。どんだけ俺のこと好きで許してくれんの……」

くすぐったさに笑う満希にも煽られるという啓吾にキスされたら、返さずにはいられない。

気づいたらぐずぐずになってしまう。

「要するに、俺たちの相性がよすぎるってことだね」

啓吾の出した結論はおそらく正解だ。強力な磁石のように一度くっついたら離れられなくなってしまうから。

だからこそ「ただいま」のキスにも気をつけないといけない。うっかりスイッチが入って、せっかく作った夕飯が無駄に豪華な朝食になったのも一度や二度じゃない。

啓吾の体調のためにも、自分の体力のためにも、食事は大事だ。とっておいたデザートのように我慢したあとで存分に味わう恋人はひときわおいしい、というのも経験上知っている。

「なに作ってるとこ?」

手許をのぞきこんだ啓吾に聞かれて、満希は作りかけの夕飯の献立の予定を伝える。

「肉団子と茄子《なす》のトマトソースパスタとポテトサラダ、あとはきのこスープをつけようかと」

「いいね。俺は何したらいい?」

「じゃあポテサラをお願いします。僕はトマトソースとスープを作るので」

「了解」

勤め人の啓吾と大学生の自分では時間の余裕が違うし、家賃負担が少ないぶん多く家事を担当するようにしているけれど、いまは以前のように片肘《かたひじ》を張ることなく、満希はじつは料理上手な恋人にも腕を振るってもらうようにしている。

啓吾に任せつつ作り方を教えてもらうのは楽しいし、彼好みの料理を覚えられる。協力しあえばそのぶん二人でゆっくりする時間をとれるから一石二鳥だ。

予定どおりの夕飯が予定より早く出来あがり、二人で食卓を囲んだ。

「啓吾さん、ソースは？」

「今日はいいや。我ながらポテサラ、おいしくできたし。そう思わない？」

はい、と口許にフォークですくったポテトサラダを差し出されて、自分のぶんもあるんだけどな……とちょっと笑ってしまいながらも満希は素直に食べる。

啓吾のポテサラは、野菜もたっぷりだけれど動物性たんぱく質もツナとベーコンの両方が入っていて味がしっかりしている。しかも黒胡椒がきいていて、旨《うま》みとスパイシーさがあとを引く。ちなみに啓吾がふざけてハート形に切ったベーコンが「当たり」として何枚か入っているファンシー仕様、食べさせてもらったひとくちにはしっかりハート形がのっていた。

「ん、おいしいです」

「ね」

啓吾がにっこりする。満希の作ったパスタとスープを褒めてくれるのも忘れない恋人は、最近何にでもソースをかけるというスタイルが変わってきた。

ソース好きに変わりはないのだけれど、今回のポテサラのようにスパイシーだったらそのまま食べることが増えたのだ。

もともと啓吾がソースを偏愛しだしたのは高校生のころに付き合っていた彼女の料理下手に端を発していたそうで、「素材の味を活《い》かしたいの」とほぼ味つけなしの手作り弁当を渡されること数回、友人たちに冷やかされながらそれを食べるにあたり、学食にあるソースがその存在価値を爆上げした。

香味野菜とスパイスを煮こんだソースは旨みの塊《かたまり》だから、たいていのものはソースをかけるとおいしく食べられる。たとえチキンカツに下味がついていなくても、やけに歯ごたえのあるポテトサラダに薄いマヨネーズの味しかなくても、ピラフがただの具入りごはんでも、あらゆる味は奥深い旨みとスパイシーさをあわせもつソースが解決してくれるのだ。

がんばって作ってくれているから、と啓吾もがんばって食べていたのだけれど、ソース弁当にしていることを知った彼女に「ひどい！」とフラれ、残ったのはソースへの好感と信頼。

「これにソースかけたらもっと美味《うま》くなるんじゃ……？」と思ったらかけてみる、というのを繰り返すうちに、ソース好きが加速した。

やがて、ソースは他人との付き合い方のリトマス試験紙のような役割まで果たすようになっていった。

「ソースがリトマス試験紙……？」

冗談かと思うのに、啓吾は真顔で頷く。

「ソースをなんにでもかけるのってさ、多くの人にとっては『自分はしない行為』でしょう？

おおげさにいうと異文化なんだよね。異文化に対してどういう態度をとるかっていうのが端的に見えて、そこの感性が合わない場合は付き合い方を工夫した方がいい相手の可能性が高い」

「大沢《おおさわ》さんとか……？」

「ああ、あれは別。彼の場合は森見《もりみ》と森見のメシが好きすぎて、『ＭＯＲＩ』の料理に関しては信者状態になってるから」

言葉のチョイスはおおげさだけれど、納得する。普段は温和で朗らかなのに、満希が『ＭＯＲＩ』のポテサラにソースをちょっとかけようとしただけでショックを受けて嘆いていた。

（でもまあ、自分の作った料理をそこまで好きになってくれる人って、料理人として店長はうれしいだろうな）

満希は料理人じゃないけれど、それでも啓吾がソースなしで食べてくれるようになったのはやっぱりうれしかった。一方でソースありでもいまはあまり気にならない。

恋人が塩分をとりすぎていないかは気になるものの、そこは啓吾も気にするようになってくれたし、自分もソース好きになったからだ。

相手を受け入れ、尊重しながら一緒にいると、お互いにだんだん相手の色に染まってゆくものなのかもしれないなあ、と満希は思う。

そう言ったら啓吾がにっこりした。

「仲のいい夫婦って似るっていうもんね」

「……僕たちは夫婦じゃないですけどね」

「あ、そっか。同性だったらパートナーだったね」

照れて混ぜ返した言葉に当たり前のように返される。啓吾の中では何の迷いもなく、とっくに満希が伴侶《はんりょ》なのだ。

じわじわと頬が熱くなるのを感じながらも、幸せが溢れるように笑みをこぼして「ですね」と答えたら啓吾がじっと見つめてきた。

「なにか……？」

「いやあ、恋人が可愛すぎて困ってる」

「また、そんなことを……」

苦笑するのに、彼はいたって真面目《まじめ》だ。

「呆れられるくらい可愛いって口に出していても、心の中だとその百倍はみつくん可愛いって思ってるんだよね。いつか可愛いって思わなくなる日がくるのかな」

「えっ、そうなったら困ります」

とっさに本心が飛び出したら、恋人がくすりと笑った。

「困ってくれてよかった。おかげでこれからも遠慮なく『可愛い』って言える」

「いままでも遠慮してないですよね？」

「仕方ないよね、みつくんが必殺理性破壊人だから」

「えええ……」

たびたび言われるニックネームは格好いいんだか悪いんだかよくわからない。でも、普段は朗らかにフラットな恋人の理性を破壊できるというのは、我ながらすごいと思う。

「あと、もしみつくんへの『可愛い』が減ったとしても、そのぶん『綺麗』とか『愛しい』が増えるだけだと思うんだよね」

さらっと言い足された言葉に目が丸くなる。それだと語彙が変わっただけで、結局満希を大好きということだ。

でも、自分もきっと同じだと思う。啓吾のことを想うときに出てくる言葉が変わっても、彼を大好きな気持ちはきっとずっと変わらない。

そういう二人でいられたらいい。いられるようにお互いを大事にしたい。

気持ちも言葉も惜しまずに交換しあいながら。

ポテトサラダの中にハート形のベーコンを見つけた満希は唇をほころばせて、さっきもらったハートのお返しとしてちょっと照れながらもそれを恋人に差し出した。

あとがき

AFTERWORD

——間之あまの——

こんにちは。または初めまして。間之《まの》あまのでございます。

このたびは拙著《せっちょ》『溺愛《できあい》モラトリアム』をお手に取ってくださり、ありがとうございます。

こちらはディアプラス文庫様からは二冊目の、通算では二十三冊目のご本となっております。

今作は既刊『ランチの王子様』（作中に出てくる『ごはん屋　MORI』の二人のお話です）と同じ世界になっていますが、それぞれ独立しているのでこちらだけでもまったく問題なく読んでいただけます。初めましての方もご安心くださいね（ニコリ）。

今作の途中の展開は、以前記憶喪失ものを書くときにいろいろ調べていたときに知った症例から生まれました。記憶システムって知るほどに不思議ですねえ。

ちなみに記憶喪失ものは何度か書いていますが、拙作はどれも「つらくない」ことに定評があります（笑）。タオル必需《ひつじゅ》の切ない展開も大好物ですが、せっかく自分で書くからには「記憶喪失をきっかけに幸せになる」という方向を目指したいなと思ってチャレンジしています。

イラストは、今回も幸せなことに小椋《おぐら》ムク先生に描いていただけました。

一枚の絵の中に豊かなストーリー性がある小椋先生のイラストがもともと大好きだったのですが、前回『ランチの王子様』でご一緒させていただいたときに手を惜しまずに描いてくださ

るお仕事ぶりにも感激しまして、「ぜひまたご一緒したい……！」と思っていたので願いが叶《かな》ってほくほくです♪

今回も贅沢《ぜいたく》なラフをはじめ、すみずみまで完璧な素晴らしいイラストを本当にありがとうございました。既刊の二人（真尋《まひろ》さんと大沢《おおさわ》くん、素敵すぎる『MORI』の店内！）もまた描いていただけて幸せです。カラーも表紙は幸せ感が溢《あふ》れていて絵本のように愛らしく（もっふもふのオリオン最高です♪　満希《みつき》くんの「心臓にわるい……」という仕草が可愛い！）、口絵もしっとりとした夜の青と花火による陰影が美しくて見とれてしまいます。

ちなみに、あの扉絵のご提案にも「さすがは小椋先生……！」と感動しました。ページ数のことも考えて幼少期の片想いはカットしたのですが、扉絵のおかげで冒頭への繋《つな》がりが自然になり、タイトルも「溺愛状態の猶予《ゆうよ》」という作中での意味に「幼少期から現在までの溺愛猶予」という印象がクリアに加わりました。さすがは小椋先生……！（二回目）

やさしくて褒《ほ》め上手な担当様をはじめ、今回も多くの方々のご協力とたくさんの幸運のおかげでこのお話をこういう形でお届けすることができました。ありがたいことです。

読んでくださった方が、明るくて幸せな気分になったらいいなあと思っております。

楽しんでいただけますように。

金木犀《きんもくせい》の季節に　　間之あまの

この本を読んでのご意見、ご感想などをお寄せください。
間之あまの先生・小椋ムク先生へのはげましのおたよりもお待ちしております。

〒113-0024　東京都文京区西片2-19-18　新書館
[編集部へのご意見・ご感想] ディアプラス編集部「溺愛モラトリアム」係
[先生方へのおたより] ディアプラス編集部気付　○○先生

-初出-
溺愛モラトリアム：書き下ろし

[できあいもらとりあむ]
溺愛モラトリアム

著者：間之あまの まの・あまの

初版発行：2019年11月25日

発行所：株式会社 新書館
[編集] 〒113-0024
東京都文京区西片2-19-18　電話 (03) 3811-2631
[営業] 〒174-0043
東京都板橋区坂下1-22-14　電話 (03) 5970-3840
[URL] https://www.shinshokan.co.jp/

印刷・製本：株式会社光邦

ISBN978-4-403-52494-3